Impressum:
Bibliografische Information der Deutschen Nationalbibliothek:
Die Deutsche Nationalbibliothek verzeichnet diese Publikation in der Deutschen Nationalbibliografie; detaillierte bibliografische Daten sind im Internet über dnb.dnb.de abrufbar.

© 2024
Herausgeberin: Kathrin Flachmüller – www.katalina-farnur.de
Gestaltung: Markus Braig – Markus der Mäusegaukler
Herstellung und Verlag: BoD – Books on Demand, Norderstedt

ISBN: 9783759753373

Meerjungfrauenträume

Kapitel 1

Es war ein herrlicher Morgen. Die Sonne strahlte, die Tür zum Balkon stand offen und eine frische Brise wehte herein, die die mangofarbenen Vorhänge flattern ließ. Eliza summte leise vor sich hin, während sie die Tasche packte.

„Du bist heute aber gut drauf", bemerkte ich, als ich von meinem Buch aufsah. Eliza kicherte nur und packte weiter. Von meinem Platz auf dem Sofa aus schaute ich zu, wie sie den Inhalt der Tasche kontrollierte, zurück in ihr Zimmer lief und dann ein weiteres Kleidungsstück dazulegte.

Meine Güte, was braucht man denn bitte für eine einzige Tennisstunde?, dachte ich genervt. Ich versuchte, mich wieder auf mein Buch zu konzentrieren. Das war bei dem Gesumme aber leichter gedacht als getan. Ich verlagerte mein Gewicht und legte ein Bein über das andere. Aber auch das tiefer einmümmeln in die Kissen half nichts. Ihre übertrieben gute Laune ging mir langsam gehörig auf die Nerven.

„Sag mal, bist du jetzt langsam mal fertig?", fragte ich vielleicht etwas zu schnippisch. Aber Eliza ließ sich davon nicht beeindrucken. Endlich machte sie den Reißverschluss zu und hängte sich die moderne Sporttasche mit dem „adidas"- Aufdruck über die Schulter. „Bis später, Sarah", hörte ich sie noch rufen. Dann fiel die Tür ins Schloss.

Trotz der Hitze – die sportliche Aktivitäten am Mittag unerträglich machen würde – war der Platz so früh am Morgen noch fast wie ausgestorben. Eliza lächelte, als sie den hochgewachsenen, schlanken Mann auf sich zukommen sah. Den Tennisschläger hatte sie locker mit der einen Hand über die Schulter gelegt, mit der linken strich sie sich nun eine Strähne aus der Stirn. Angespannt verlagerte sie das Gewicht auf das andere Bein. Hoffentlich ist mein Rock nicht zu kurz. Verstohlen zupfte sie am Saum des Tennisröckchens.

„Guten Morgen", sagte er mit seinem strahlenden Lächeln. „Guten Morgen", antwortete Eliza schmachtend, bevor sie sich wieder zusammenriss. Sie räusperte sich leicht.

Matthew war etwa eins neunzig groß. Die vom vielen Sport langen, grazilen Muskeln waren durch das enganliegende Männertop gut zu sehen. Sie standen in einem angenehmen Kontrast zu seinen breiten Schultern. Der sonnengebräunte Teint ließ seine stahlblauen Augen noch mehr leuchten.

„Bist du fit?" Eliza nickte. „Dann legen wir mal los." Mit einem weiteren Lächeln, das Elizas Knie weich werden ließ, begab er sich auf den Platz. Eliza stellte sich auf ihrer Seite in Position, nahm den Schläger von der Schulter und lockerte die Knie. Zum Aufwärmen würden sie wie immer mit ein paar leichten Aufschlägen beginnen.

Matthew hob Ball und Schläger, setzte an und beförderte das federbesetzte Kleinod locker über das Netz. Eliza taxierte und schickte es ebenso leicht wieder auf die andere Seite. Dort wurde es von Matthew gefangen und es ging von vorne los. Nach einigen Wiederholungen wurden die Parts getauscht. Nun machte Eliza den Anfang. Sie lernte schnell und inzwischen schickte sie den Ball schon ebenso mühelos auf die Reise wie ihr Lehrer.

Während der ganzen Zeit behielt Matthew sein charmantes Lächeln bei. Auch, als sie nach dem Aufwärmen damit begannen, den Ball hin und her über das Netz zu spielen.

Eliza hatte sich vorgenommen, heute alles zu geben. Sie wollte Matthew beeindrucken und ihm ihr Können beweisen. Schon bald hetzten sie sich gegenseitig über den Platz. Vor, zurück, rechts, links, diagonal über ihre Seite des Feldes, in dem permanenten Versuch, den anderen auszutricksen und den Ball auf der anderen Seite zu Boden zu bekommen.

Das Spiel war ausgeglichen, jedoch lächelte Matthew dabei entspannt weiter. Eliza rann der Schweiß ins Gesicht. Das Stirnband half inzwischen leider auch nicht mehr viel. Angestrengt atmend erwiderte sie seine Schläge.

Na warte, dachte sie, als ihr Kontrahent sich weiterhin kaum etwas anmerken ließ. Noch ein paar Schlagabtausche, dann schaffte sie es, ihm eine Finte zu spielen. Sie machte einen großen Ausfallschritt nach rechts, um den Ball zu erreichen. Weit holte sie mit dem Schläger aus, sodass es den Anschein hatte, als würde sie den Ball nach hinten spielen. Sie sah Matthew schon nach hinten laufen, als sie im letzten Moment den Schwung abbremste. Der Schläger traf den Ball. Doch statt in einem hohen Bogen zurückzufliegen, schrammte er flach über das Netz. Matthew bemerkte seinen Fehler zu spät. Sein Lächeln wich einem Ausdruck ungläubigen Erstaunens. Hüpfend kam der Ball auf dem Boden auf und blieb auf seiner Seite des Platzes liegen.

Matthew stand da und starrte den Ball an. Auch er atmete schwer. Eliza richtete sich auf. Sie hatte es geschafft. Endlich hatte sie ihn aus der Fassung gebracht. Stolz lief sie hinüber zum Netz.

„Weiter?", fragte sie den Trainer. Der schüttelte den Kopf. Er hob den Ball auf, sichtlich darum bemüht, sich nichts anmerken zu lassen. „Was sagst du zu meinen Fortschritten?" „Gut", antwortet er einsilbig. Eliza biss sich auf die Lippe. Das hatte sie sich anders vorgestellt. Trotzdem beschloss sie, es zu wagen.

„Ich habe gedacht, wir könnten mal zusammen essen gehen", begann sie. „Um uns noch etwas besser kennen zu lernen. Schließlich trainieren wir jetzt schon eine ganze Weile miteinander. Wie wäre es mit Sonntag? Ich kenne da ein gutes Lokal. Meine Schwester und ich haben es vor kurzem entdeckt. Es ist ein echter Geheimtipp."

Matthews Lächeln kehrte zurück. „Tut mir Leid, aber Sonntag ist für meinen Bruder reserviert. Sonst kommt er sich noch vernachlässigt vor." Er zwinkerte mir zu. Eine kurze Pause entstand. Dann kam Eliza eine Idee.

„Du hast einen Bruder? Das ist ja toll. Meine Schwester würde euch bestimmt auch gerne kennen lernen. Wir könnten doch zu viert gehen."

Matthew wandte sich ab und warf den Ball in der Hand auf und ab.

„Na schön", sagte er schließlich. „Ich werde ihn fragen."

Eliza konnte ihr Glück kaum fassen. Sie strahlte übers ganze Gesicht. „Super!"

Kapitel 2

Vor etwa vier Monaten war ich mit meiner Schwester in die kleine Etagenwohnung in Exmouths neuerem Stadtteil gezogen. Australien war schon immer ein Traum gewesen, den wir uns endlich erfüllen konnten. Mittlerweile hatten wir uns schon ganz gut zurechtgefunden. Kontakte hatten wir noch wenige, aber das störte uns nicht weiter. Die Jobs waren gut und die Kollegen freundlich. Ich widmete mich weiter meiner Leidenschaft für Bücher, sie hatte angefangen Tennisstunden zu nehmen.

Partnerschaften hatten wir beide keine, aber das würde sich mit der Zeit vielleicht noch geben. Ich für meinen Teil hatte es auch nicht eilig damit. Eliza war da schon immer anders gewesen. Sie verliebte sich unglaublich schnell. Und lag mir dann fast genauso schnell mit Taschentuch und verheulten Augen in den Armen.

Anfangs hatte sie ihre Freunde oft mit nach Hause gebracht. Manchmal Jungs aus der Schule, öfters welche aus dem Sportverein. Alle waren äußerst attraktiv und richtige Mädchenschwärme gewesen. Glücklicherweise aber nicht so hochnäsig, wie es zum Klischee gehörte. Sie waren mir alle sehr sympathisch gewesen. Höflich, freundlich und nicht auf den Kopf gefallen. Aber alle irgendwie nicht mein Typ.

Wir kamen alle gut miteinander aus und Eliza schien sehr glücklich mit ihnen zu sein. Warum es dann aber nie lange gehalten hat, konnte ich mir nicht erklären. Irgendwann hatte sie dann auch aufgehört, sie uns vorzustellen. Dabei sind sie von unserer Familie immer mit offenen Armen aufgenommen worden. Ich konnte mir nicht vorstellen, dass die kurze Dauer ihrer Beziehungen an uns gelegen haben konnte. Seltsamerweise hat es laut ihren Erzählungen ab da aber immer länger gehalten.

Das Gesumme konnte jedenfalls nur heißen, dass es schon wieder losging.

Und damit sollte ich Recht behalten…

Mit immer noch feuchten Haaren stürmte sie gegen Mittag herein. Sie musste es wirklich eilig gehabt haben. Sonst wären sie bei der inzwischen fast schon sengenden Hitze trocken gewesen. Ich machte mich auf alles gefasst. Das Grinsen, das fast schon den Rest ihres Gesichtes verdeckte, konnte aber nichts Gutes heißen.

Sie sprudelte schon los, noch bevor ich den Mund aufmachen konnte. Wie immer, wenn das passierte, schaltete ich halb auf Durchzug. Ich nahm nur Wortfetzen auf wie: „…war so klasse…“, „…habe ich endliche geschafft…“, „…ich hoffe, das sah gut aus…“, „….er ist so toll…“, „…habe ich endlich gefragt…“, „…und du darfst auch mit…“ Da stockte ich.

„Wie, ich darf auch mit? Mit wohin?“ „Na, zum Essen mit Matthew.“ Ich zog die Augenbrauen zusammen. „Was will ich denn beim Essen mit Matthew? Ich dachte, du willst was von ihm. Wer ist das überhaupt?“ „Mein Tennislehrer natürlich. Hast du denn nicht zugehört? Außerdem bringt er seinen Bruder mit. Wir können also doppeldaten. Ist das nicht toll?“ Sie strahlte. Ich verzog angewidert das Gesicht. „Was soll daran toll sein? Ich kenne ihn ja noch nicht mal. Keinen von beiden!“ Eliza seufzte. „Ach, bitte Sarah, tu mir den Gefallen. Außerdem könntest du dich ruhig auch mal umsehen. Oder willst du immer allein mit deinen Büchern bleiben?“ Ja, das wäre gar nicht so schlecht. Ich grummelte noch etwas missmutig vor mich hin, gab schließlich aber seufzend nach. „Na gut, aber nur dieses eine Mal.“ Ich hatte kaum ausgesprochen, da fiel sie mir schon um den Hals. „Danke, danke, danke!“

Sonntagabend. Die Luft flimmerte noch von der Hitze des vergangenen Tages. Wir hatten beide möglichst luftige Sommerkleidchen gewählt. Eliza kurz mit High-Heels, ich bevorzugte die elegante Variante mit langem Rock, der vorne leicht ausgeschnitten war. Das Restaurant bot einen herrlichen Ausblick über die Küste. Wir hatten es vor kaum drei Wochen vom Strand aus entdeckt und uns dort gleich wohl gefühlt. Es war nicht besonders groß, aber Essen und Ambiente waren hervorragend. Und vor allem war es ruhig. Ich konnte Hektik und lautes Durcheinander nicht leiden.

Wir bekamen einen schönen Platz auf der Terrasse. Die beiden Männer waren noch nicht da. Ich nahm neben Eliza an dem runden Tischchen Platz. Sie rutschte sogleich nervös auf ihrem Stuhl hin und her. Typisch.

Unsere Getränke standen schon auf dem Tisch, als sie endlich aufsprang. Ich sah zum Terrasseneingang hinüber. Ich musste schon zugeben, einen guten Geschmack hatte sie ja. Matthew kam lächelnd auf meine Schwester zu. Und dahinter kam…noch ein Matthew? Ich blinzelte kräftig. Aber tatsächlich. Die beiden glichen sich wie ein Ei dem anderen. Die beiden stellten sich vor. Der andere war Michael, sein Zwillingsbruder.

Die Vorspeise verlief in einer etwas vorsichtigen, gedrückten Atmosphäre. Eliza versuchte angestrengt, das Gespräch mit Matthew am Laufen zu halten. In der Zwischenzeit tastete ich mich an Michael heran.

„Wir sind an der Uni schon Sportfreaks gewesen." Michael hatte ein bezauberndes Lachen. Die himmelblauen Augen hatten im Licht der untergehenden Sonne einen goldschimmernden Glanz. „Dann spielst du also auch Tennis?" „Nein, Polo." „Polo?" „Das ist ähnlich wie Cricket, nur sitzen wir dabei auf Pferden." „Interessant." „Machst du auch Sport?" „Ich schwimme ganz gerne." Ich machte eine kleine Pause. „Aber am liebsten habe ich immer noch meine Bücher." „Deine Bücher?" „Ja."

Es stellte sich heraus, dass er meine Leidenschaft für Bücher teilte. Schnell entwickelte sich ein angeregtes Gespräch zwischen uns. Während des Hauptgangs erzählte ich von dem neuen Gardner- Roman, den ich gerade in einem Tag verschlungen hatte. Michaels Augen leuchteten. Ich versprach, ihm mein Exemplar zu leihen. Im Austausch dürfte ich mir auch eines aus seiner Sammlung heraussuchen.

Trotz meiner ursprünglichen Unlust wurde es zu einem ganz netten Abend. Zwischenzeitlich wechselten wir auch das Thema und banden Eliza und Matthew ins unser Gespräch mit ein. „Ihr seid bestimmt schon öfters verwechselt worden", sagte ich gerade, als der Wein gebracht worden war. Matthew hatte sich kurz entschuldigt und in Richtung der Toiletten verschwunden. „Das stimmt. In der High- School hat man uns auch immer die ‚M-uns M's' genannt." Eliza lachte daraufhin übertrieben aufdringlich. „Wirklich? Das kann ich mir gut vorstellen. Ihr seid ja auch zum Vernaschen. Vor allem du". Damit zwinkerte sie ihm kokett zu. Michael lächelte gequält und lehnte sich im Stuhl zurück. „Dabei haben die zwei nichtmal dieselbe Farbe."

Ich schaute meine Schwester halb entgeistert an. Was sollte das denn jetzt? Wieso machte sie Michael Komplimente, wenn sie sich doch für seinen Bruder interessierte? Aber ich kam nicht dazu, mir weiter darüber Gedanken zu machen. Matthew kam zurück und durch den Einfluss des Weins und des sanften Meeresrauschens in der Nacht ebbten die Gespräche allmählich ab. Irgendwann verabschiedeten wir uns höflich und machten uns in getrennten Richtungen auf den Weg.

Eliza und ich hatten es nicht besonders weit, aber da wir doch noch nicht alles kannten, bogen wir in der Dunkelheit falsch ab und kamen so recht spät zu Hause an.

Es war schon fast Mitternacht, als Matthew und Michael in ihrem großzügigen Apartment eintrafen. Michael hängte seine Sommerjacke erschöpft an den Haken, Matthew warf seine wie immer einfach über das Sofa.

So unterschiedlich sie auch sein mochten, sie waren schon immer zusammen gewesen. Daran hatte sich bis heute nichts geändert. Auch während der Uni- Exzesse, mit einem neuen Mädchen in fast jeder Woche, hatte Michael seinen Bruder nicht verlassen. Obwohl ihm Matthews Umgang mit dem anderen Geschlecht nicht besonders gefiel. Eifersüchtig war er dabei nie gewesen. Diese oberflächlichen Barbie-Puppen, die sein Bruder immer herschleifte, interessierten ihn nicht.

So war ihm dieses Gefühl nun ganz neu, als Matthew zu sprechen begann. „Diese Sarah ist eine interessante Frau", bemerkte er beiläufig, während er sich das eng anliegende Boxershirt über den Kopf zog. Mit nacktem Oberkörper schlenderte er hinüber zum Kühlschrank.

„Ich dachte, du interessierst dich für ihre Schwester?" Michael schluckte. Warum fängt jetzt meine Stimme an zu zittern?, fragte er sich selbst.

„Eliza nimmt bei mir Tennisunterricht. Aber Sarah ist echt scharf." Michael spürte, wie sich ein Knoten in seinem Magen bildete.

„Dabei ist Eliza doch eher dein Typ. Groß, sportlich…" Herausgeputzt und kurze Röcke, setzte Michael in Gedanken noch dazu.

Matthew nahm eine Flasche Bier aus dem Kühlschrank, schloss die Tür und lehnte sich lässig dagegen. Er trank erst einen Schluck, dann meinte er: „Ja, aber viel zu langweilig. Ich brauche eine Herausforderung. Sarah ist da genau die richtige. Hast du ihre Oberweite gesehen?" „Nein, habe ich nicht!", fuhr Michael seinen Bruder an. Natürlich hatte auch er die körperliche Attraktivität der Frau bemerkt, aber das brauchte Matthew nicht zu wissen. „ICH habe mich mit ihr den ganzen Abend unterhalten, während DU sie kaum beachtet hast."

„Tja, Eliza nimmt bei mir Unterricht. Da kann ich sie nicht einfach links liegen lassen."

„Aber trotzdem willst du im Nachhinein ihre Schwester klarmachen?"
„Klar."

„Kannst du dich nicht EIN Mal zurückhalten?!" Wütend donnerte Eliza ihre Tasche auf den Boden. „Was soll das heißen?", fragte ich.
„Das soll heißen, dass Matthew die ganze Zeit nur Augen für dich hatte!"
„Bitte?! Wie du wohl bemerkt haben solltest, habe ich kaum ein Wort mit ihm gewechselt!"
„Du hättest auch einfach die Klappe halten können!"
„Wie bitte?!"
„Er hat an deinen Lippen gehangen wie ein Ertrinkender!"
„DU wolltest, dass ich mitkomme! Außerdem habe ich mich mit seinem BRUDER unterhalten! Den DU übrigens angemacht hast!"
„Damit du dich endlich mehr um IHN kümmerst! Du hättest auch einfach still sein können!"
„Und meine Zeit damit verschwenden, DEINEN billigen Flirtversuchen zuzuhören?"
„Was soll das heißen?!"
„Dass du dich aufgeführt hast wie eine billige Schlampe!"
Ich schaffte es gerade noch, der heranfliegenden Tasche auszuweichen. Danach verbarrikadierte ich mich in meinem Zimmer.

Kapitel 3

Es war das erste Mal, dass wir uns so gestritten hatten. Ich verstand auch gar nicht, wieso. Ich hatte mich nie für einen ihrer Männer interessiert und tat es auch diesmal nicht. Tatsächlich hatte ich kaum bemerkt, dass Eliza und Matthew überhaupt da gewesen waren. Für solche Dating- Aktionen hatte ich ohnehin nichts übrig. Deswegen hatte ich das ganze einfach möglichst schnell hinter mich bringen wollen. In Michael einen so angenehmen Gesprächspartner zu finden, hatte mich dann doch sehr überrascht.

Jetzt lag aber die Beziehung zu meiner Schwester in Trümmern. Und das völlig grundlos! Natürlich hatten wir auch vorher schon viele Meinungsverschiedenheiten gehabt. Schließlich waren wir Schwestern! Aber diese Ausmaße waren vollkommen neu.

Seit zwei Tagen waren wir uns nun schon eher zufällig über den Weg gelaufen. Auf dem Weg zum Bad oder beim Betreten der Wohnung. Wenn ich mich zum Essen an den Tisch setzte, nahm sie demonstrativ ihren Teller und verzog sich damit auf ihr Zimmer. Ihr Verhalten war wirklich unmöglich. Ich wollte doch gar nichts von ihrem Angebeteten! Ganz im Gegenteil. Ich hatte mich darüber gefreut, dass Michael mich gleich am Tag nach dem Essen ins Café eingeladen hat. Dort würde ich ihm auch das Buch mitbringen. Am Sonntag war auch unser gemeinsamer Tauchtag. Ich hoffte, dort die Sache mit Eliza wieder ins Lot bringen zu können. Wenn sie doch nur…

Meine Gedanken wurden vom Klingeln meines Handys unterbrochen. Ich hatte eine Nachricht erhalten. Von Matthew. Er lud mich zu einer kostenlosen Schnupperstunde Tennis ein. Was um Himmels Willen sollte das denn?! Und wie war er überhaupt an meine Nummer gekommen?

Ich erwägte kurz, Eliza danach zu fragen, ließ es dann aber bleiben. Das würde sie nur noch wütender machen. Wenn sie überhaupt zuhören würde.

Ich beschloss, die Nachricht einfach zu ignorieren. Ich wollte ja nichts von ihm. So würde er mich bestimmt bald wieder in Ruhe lassen.

Es war Mittwochnachmittag und heute hatte ich die Verabredung mit Michael. Ich schlüpfte aus Rock und Bluse, die ich noch von der Arbeit trug. Was sollte ich bloß anziehen? Zu aufreizend sollte es nicht sein, aber als Mauerblümchen wollte ich auch nicht gehen. Schließlich hatte ich seit langem mal wieder einen Mann kennengelernt, für den ich mich wirklich interessierte.

Noch eine halbe Stunde. Die Stadt war nicht gerade groß. Trotzdem hatte ich Schwierigkeiten mich mit den ganzen Straßen zurecht zu finden. Eliza kam damit viel besser klar, aber die konnte ich jetzt schlecht fragen. Das Café befand sich zum Glück irgendwo in der Innenstadt. Da waren um diese Zeit auch noch genügend Leute unterwegs. Ich würde mich einfach durchfragen müssen.

Die Sonne brannte immer noch vom Himmel, als ich mich durch die Straßen und Gassen schlängelte. Nicht zu glauben, dass es Januar war. Zu Hause versanken unsere Eltern gerade im Schnee, während mir bei dreißig Grad der Schweiß den Nacken herunterlief. Sommer und Winter sind hier genau umgedreht. Schnee würde es nie geben. Selbst in den kalten Monaten herrschen in Australien noch frühlingshafte Temperaturen.

Seltsam, dass ich von Österreich immer noch als ‚zu Hause‘ dachte. Dabei waren wir jetzt doch schon bald ein halbes Jahr hier und wollten es auch bleiben. Trotzdem bekam ich ab und zu noch Heimweh nach den Bergen, den vertrauten Straßen und Orten und dem Klima, in dem ich aufgewachsen war.

Eine Autohupe riss mich aus meinen Gedanken. Entschuldigend lächelte ich dem Fahrer zu und hob die Hand. Nachdem er kopfschüttelnd an mir vorbeigefahren war, sah ich mich diesmal besser um und überquerte die Straße. Laut der Wegbeschreibung, die ich von einer Passantin bekommen hatte, musste das Café gleich hinter der nächsten Ecke liegen.

Ich lief den Weg bis zum Ende, bog rechts ab – und da lächelte mir auch schon das Schild entgegen.

Es war ein gemütliches, kleines Lokal. Hinter den großen Fenstern konnte man die halbrunde Theke in der Mitte des Raums gut erkennen. Die Sitzflächen der Eckbänke und Stühle waren in einem dezenten rot bezogen. Die Möbel selbst aus dunklem Holz gefertigt. Ebenso rote Vorhänge an den Fenstern und diversen Raumteilern sorgten für Privatsphäre.

Mit klopfendem Herzen trat ich durch die Tür. Das Bimmeln des Glockenspiels an der Decke kündigte mich an. Freundliche lächelte ich der Bedienung hinter der Theke zu und sah mich um. Auf der linken Seite entdeckte ich Michael. Er saß auf einer kleinen Erhöhung, halb verdeckt von einem der hölzernen Raumteiler. Ich ging die zwei Stufen hinauf und setzte mich zu ihm an den Tisch.

„Hallo", begrüßte ich ihn. „Hast du schon bestellt?" Michael schüttelte den Kopf. „Nein, ich wollte warten bis du kommst." „Wartest du schon lange?" Schlechtes Gewissen verursachte mir ein laues Gefühl im Magen, aber Michael schüttelte wieder mit dem Kopf. „Ich bin auch erst vor ein paar Minuten gekommen. Gerade rechtzeitig, um den Platz zu reservieren, bevor er wieder besetzt wird. Der Tisch hier hinten ist nämlich nicht nur mein Lieblingsplatz, musst du wissen."

Er lächelte mich an. Der offene Ausdruck seiner Augen verursachte ein warmes Gefühl in meiner Brust.

Kurz darauf wurden auch schon die Getränke gebracht. Ich hatte noch ein Croissant zu meinem Cappuccino bestellt. „Seid ihr schon lange hier?", wollte ich von meinem Gegenüber wissen. Beim Gespräch während des Abendessens war es hauptsächlich um Eliza und mich und unsere Herkunft gegangen. Er hatte mir da also nun was voraus.

„Wir sind hier geboren worden und aufgewachsen." Michael setzte seinen Kaffee wieder ab. „Nach dem Studium in England sind wir dann wieder hierher gekommen." „Ihr habt in England studiert?" „Ja, Matthew Sport, ich habe mich der Architektur gewidmet." Eliza arbeitet auch in einem Architekturbüro, dachte ich, behielt das aber lieber für mich. Von Architektur hatte ich keine Ahnung und über Geld wollte ich auch nicht reden, also wechselte ich das Thema.

„Und wie kommst du zu Polo? Ehrlich gesagt wirkst du nicht wie jemand, der viel mit Pferden zu tun hat." Michael lachte. „Das ist auch noch nicht lange so. Eine Freundin an der Uni hat mich dazu überredet und dann bin ich irgendwie dabei geblieben. So klein Exmouth auch ist, eine Polo- Mannschaft gibt es sogar hier." „Und wie oft machst du das so?" „Ich habe inzwischen auch ein eigenes Pferd und reite fast jeden Tag. Richtiges Polo- Training ist zweimal pro Woche. In der Wettkampfsaison von März bis Oktober natürlich öfter."

Ich sah von meiner Tasse auf. „Ihr geht auch auf Wettkämpfe?" Michael nickte. „Ja. Das nächste Training ist am Samstag. Du kannst ja mal zuschauen. Ich würde mich freuen."

Ich kaute nachdenklich auf meinem Croissant herum. Samstags war ich mit Eliza immer am Riff. Aber morgens hatte sie vorher noch ihre Tennisstunde. Vielleicht ließe sich da etwas einrichten. Ich versprach ihm, es mir durch den Kopf gehen zu lassen. Freuen würde ich mich auf jeden Fall.

Ich übergab ihm noch den Thriller, den ich ihm versprochen hatte. Michael nahm ihn entgegen und versicherte mir, gut darauf acht zu geben. Ich war schon gespannt darauf, durch seine Sammlung zu stöbern. Es kam mich seltsam vor, dass er dabei so gequält lächelte, als ich davon sprach, ihn in seiner Wohnung zu besuchen. Dabei hatte er es doch vor ein paar Tagen selbst angeboten. Trotzdem wolle er sich noch wegen einem Termin dafür melden.

Er begleitete mich noch bis nach Hause. Dort verabschiedeten wir uns an der Tür.

Etwas verwirrt, aber gut gelaunt betrat ich die Wohnung. Eliza saß am Küchentisch und ich beschloss, die Sache endlich zu klären. Ich stellte mich so in die Tür, dass sie nicht an mir vorbeikommen würde. „Ich hatte gerade ein Date mit…"" Eliza holte scharf Luft. „…Michael", beendete ich den Satz. Eliza starrte mich an. „Mit Michael?" „Ja, mit Michael. Ich habe dir doch gesagt, dass Matthew mich nicht interessiert. Können wir jetzt also bitte mit dem Blödsinn aufhören?"

Eliza zögerte noch einen Moment, dann lächelte sie mir erleichtert zu. Mit einem kleinen Seufzen erwiderte ich das Lächeln und setzte mich zu ihr an den Tisch.

„Aber Pfoten weg von Matthew!", drohte sie mit dem Zeigefinger. Ich hob abwehrend die Hände. „Großes Ehrenwort. Zurück zu Michael. Es gibt da noch etwas, das ich mit dir klären muss."

Ich erzählte ihr von der Einladung für Samstag.

„Wir könnten das Tauchen auch mal ausfallen lassen, wenn du möchtest", meinte Eliza daraufhin. Ich verschränkte die Arme und lehnte mich zurück. „Eigentlich will ich das nicht." „Wann genau ist denn das Polo- Training?"

Ich sah auf. Plötzlich wurde mir ganz warm, während mein Gesicht bestimmt puterrot anlief. Ich strich mir eine Strähne hinters Ohr. „Ähm….ehrlich gesagt…. Keine Ahnung." Eliza prustete los und hielt

sich den Bauch vor Lachen. Als sie sich wieder etwas erholt hatte, sagte sie: „Aber du weißt schon, wo du hin musst, oder?"
Mir wurde noch wärmer. Normalerweise passierte mir so etwas nie. Verlegen schüttelte ich den Kopf. Eliza lachte wieder und grinste.
„Also, du frägst erst, wann und wo das überhaupt sein soll. Und am besten auch, wie lange es dauert." Sie grinste wieder und zwinkerte mir zu. „Ich glaube kaum, dass sie über Mittag trainieren. Da schmilzt man ja schon weg, wenn man nur den kleinen Finger hebt. Höchstwahrscheinlich wird das auch morgens sein und dann können wir am Nachmittag ohne Probleme zusammen ans Riff."

Ich nahm mir Elizas Rat gleich zu Herzen. In meinem Zimmer kramte ich mein Handy aus der Tasche und suchte Michaels Nummer. Noch während ich durch die Kontakte scrollte, fiel mein Blick auf die Infoanzeige. Ich hatte eine Nachricht erhalten. Vielleicht war die ja sogar von Michael. Viel Auswahl gab es bei mir nicht.
Ich öffnete die Nachricht – und stöhnte genervt. Matthew. Schon wieder. Nein, ich wollte keine Tennisstunde! Auch nicht gratis! Ohne Umschweife betätigte ich den ‚Löschen'- Button.
Nachdem ich mich wieder gesammelt hatte, wählte ich Michaels Nummer, Es klingelte ein paar Mal, dann nahm er ab. „Hallo Michael. Nochmal wegen Samstag…"
Ich erkundigte mich nach den Angaben, die Eliza mir genannt hatte. Michael schien sich über den Anruf zu freuen. Mit fröhlicher Stimme beantwortete er bereitwillig meine Fragen. Es stellte sich heraus, dass sie sich immer schon sehr früh am Morgen trafen und das Training in der Regel schon vor dem Mittag beendeten. Der Stall und das Feld lagen etwas außerhalb der Stadt, würden aber über eine kleine Straße gut erreichbar sein. Ich nahm ein Stück Papier und notierte mir den Weg. Nachdem ich versprochen hatte, am Samstag vorbeizukommen, beendeten wir das Gespräch.
Das Blatt mit der Wegbeschreibung befestigte ich in einer Klemme, die ‚in einer Meerjungfrauenfigur befestigt, auf dem Schreibtisch stand. Fröhlich summte ich vor mich hin. Das Ganze war perfekt. Ich würde Michael zuschauen, während Eliza beim Tennis sein würde und danach könnten wir uns wie gewohnt zusammen in die Fluten stürzen. Bis Samstag waren es noch zwei Tage. Viel zu lange.

Kapitel 4

Ein frischer Wind wehte mir um die Nase. Kräftig trat ich in die Pedale. Das Licht wandelte sich langsam von einem graublau in ein sanftes gelborange. Der Weg unter mir war inzwischen nicht mehr asphaltiert, sondern bestand aus sandigem Kies, der unter den Reifen knirschte.

Ich atmete tief ein und genoss die frische Morgenluft und die aromatischen Düfte. Bei Morgengrauen war ich ziemlich verkatert aufgewacht und hatte kaum aus den Augen sehen können. Ich war es nicht gewohnt, am Wochenende so früh aufzustehen. Aber es hatte sich gelohnt. Die Natur hatte um diese Zeit auch einen ganz besonderen Reiz. Staunend betrachtete ich die Büsche, Bäume und Felsen um mich herum. Natürlich gab es die zu Hause auch. Dennoch sah es hier ganz anders aus.

Rechts raschelte etwas. Ich hielt an und betrachtete die Stelle. Ein kleiner Koala hing am Ast einer der Eukalyptusbäume, deren Blätter den Weg beschatteten. Genüsslich kaute er in aller Seelenruhe auf ein paar davon herum. Lächelnd beobachtete ich ihn noch eine Weile, dann setzte ich mich mit dem Rad wieder in Bewegung.

Eliza fuhr immer mit dem Bus zum Tennis. Das war mit der Verbindung einfach praktischer. Außerdem war sie auch ein kleiner Morgenmuffel. Auch wenn sie es nicht zugeben wollte. Ich hätte also das Auto nehmen können. Aber das nutzte ich nur bei längeren Strecken oder wenn ich es eilig hatte. Ansonsten bevorzugte ich lieber das Fahrrad. So kann man die Umgebung mehr genießen. Außerdem brachten die Bewegung und die frische Luft meinen Kreislauf in Schwung. So strampelte ich ausgelassen und mit roten Wangen auf das Gebäude zu, das sich vor mir langsam zwischen den Bäumen herausschälte.

Es entpuppte sich als ein kleines, einstöckiges Bauwerk mit schrägem Dach. Es war wie ein L angelegt, dessen Innenseite einen kleinen Hof bildete, der von einem Zaun aus dünnen Holzstämmen umgeben war. Darin tümmelten sich bereits einige Pferde mit ihren Reitern. Die meisten davon waren bestimmt noch keine vierzehn Jahre alt. Zwei davon waren gerade aufgestiegen und verließen den Hof, um dem kleinen Pfad auf der anderen Seite zwischen die Bäume zu folgen.

Etwas unschlüssig fuhr ich vorsichtig an das Gebäude heran. Dabei lächelte ich die Reiter freundlich an und versuchte, ihrem geschäftigen Treiben so gut es ging auszuweichen. Das Fahrrad stellte ich neben der Hauswand ab. Einen Fahrradständer gab es hier keinen.

Sollte ich hineingehen? Noch einmal sah ich mich um. Michael war nirgends zu sehen. Also klopfte ich an die angelehnte Tür und trat langsam ein.

„Hallo?", rief ich leise. Keine Antwort. „Hallo?" Vorsichtig spähte ich um die Ecke in den kleinen Raum zu meiner Rechten. Es schien sich um ein Büro zu handeln. Aber bis auf Möbel und diverse Aktenutensilien war es leer. Auf dem Schreibtisch stand nur noch ein veraltetes Schnurtelefon. Das noch schwache Licht fiel schräg durch das Fenster auf den Holzboden.

„Guten Morgen", erklang es plötzlich hinter mir. Erschrocken fuhr ich herum. „Michael", entfuhr es mir mit einem kleinen Seufzer. Ich stellte mich wieder gerade hin. „Guten Morgen", antwortete ich. „ Du hast mich ganz schön erschreckt." Er lachte. „Tut mir Leid." Seine blauen Augen glitzerten. „Schön, dass du da bist. Sollen wir gleich los?" Damit wandte er sich um und ging nach draußen.

Ich folgte ihm zu dem Zaun, von dem er ein kleines Pferd losband. Es war hellbraun mit einer dünnen Blesse, einem weißen Streifen, der sich von der Stirn bis zum schmalen Maul nach unten zog. Es war bereits fertig gesattelt. Um die Brust spannte sich ein Ledergurt und die Beine waren dick eingepackt. Jetzt bemerkte ich auch, dass Michael ebenfalls Beinschützer trug, die ihm bis über die Knie reichten. Auch um die Arme hatte er lederne Schützer geschlungen. Auf seinem Kopf war eine stabile Kappe befestigt, die an einen Tropenhelm erinnerte.

„Scheint ganz schön gefährlich zu sein", meinte ich beiläufig, als ich ihm folgte. Michael führte das Pferd den Pfad entlang, auf dem bereits zuvor die anderen Reiter verschwunden waren.

„Es kann schon mal was passieren, wenn man sich mit dem Schläger erwischt oder vom Pferd fällt", gab Michael etwas kleinlaut zu. „Natürlich ist das nicht der Sinn der Sache, aber bei den Geschwindigkeiten lässt sich das nicht immer verhindern."

Der Pfad führte hinter der nächsten Baumgruppe auf ein riesiges, sandiges Feld, das mit einer leichten Grasnarbe bewachsen war. Darauf entdeckte ich bestimmt zwei Dutzend Männer, Frauen und Jugendliche, die ihre Pferde in den verschiedensten Gangarten auf und ab bewegten.

Ich staunte. „Sind die Teams so groß?" Michael neben mir schüttelte den Kopf. „Nein, wir trainieren nur zusammen. Ein Team besteht aus vier Reitern. Ich reite immer mit Cleo, Pete und Amanda. Natürlich haben wir auch Ersatzspieler." Er deutete auf einen schlanken Mann auf einem schwarzbraunen Pferd. „Das da hinten ist Pete." Ich nickte. „Und was macht die dort?" Ich zeigte auf eine Frau, die der Länge nach über die Mitte des Platzes mehrere Reihen von Hütchen aufstellte. „Das ist Bria", erklärte Michael. „Unsere Trainerin. Scheint so, als würden wir heute an der Wendigkeit trainieren." „Aha", meinte ich nur trocken. Michael lachte. „Du wirst schon sehen." Damit setzte er seinen Fuß in den Steigbügel und stieg auf.

Ich fand einen flachen Stein, fegte Sand und Staub etwas ab und setzte mich darauf. Michael lenkte sein Pferd zu Pete mit dem schwarzbraunen Pferd. Gemeinsam trabten sie dann um den Platz.

In der Zwischenzeit ließ ich meinen Blick zurück zu der Trainerin schweifen. Die ersten ließen ihre Pferde bereits im Zickzack durch die aufgestellten Hütchen galoppieren. Hier und da fiel eines davon um. Die Frau stellte die Hütchen dann wieder auf, während die Reiter ihre Tiere zügelten und wendeten. Mit den Händen gestikulierend schien sie ihnen etwas zu erklären. Dann wurden die Pferde wieder auf Position gebracht und das ganze ging von vorne los. Eine ganze Weile sah ich ihnen dabei zu.

Als ich mich wieder nach Michael umschaute, hatten sich zwei Damen auf ihren Pferden zu den beiden Männern gesellt. Sie standen nah beieinander und redeten angeregt miteinander. Immer wieder fingen sie dabei an, fröhlich zu lachen. Offenbar waren sie sich sehr vertraut. Ich versuchte zwar, es zu ignorieren, dennoch spürte ich ein leichtes Stechen in der Magengegend, als ich Michael so nah bei den beiden Frauen sah.

Die Trainerin kam auf die vier Reiter zu. Die Gruppe, mit der sie zuvor noch an den Hütchen gewesen war, ritt nun mit dem Rest um den Platz. Michael und seine Gruppe – die beiden Frauen schienen die anderen Teammitglieder zu sein – brachten sich nun vor den bunten Kegeln in Position.

In halsbrecherischem Tempo ließen sie die Tiere nach vorne schnellen. Michael hatte nur die linke Hand an den Zügeln, die rechte ließ er locker an der Seite hängen. Elegant passte er sich den Bewegungen des Pferdekörpers an, während dieser sich einmal nach rechts, einmal nach links in die Schräge legte, um die engen Wendungen zu passieren. Wie ein Reh hüpfte das kleine fuchsfarbene Pferd um die Hindernisse.

Kaum waren sie los gelaufen, da hatten sie die Reihe auch schon hinter sich. Plötzlich blieb das Pferd schlitternd stehen, machte auf dem Absatz kehrt und rannte in gestrecktem Galopp wieder zurück. Diesmal blieb es stehen, nachdem es am Start wieder zum Halten gekommen war. Seine Flanken hoben und senkten sich stark, trotzdem leuchteten seine Augen munter und es scharrte ungeduldig mit dem Huf über den Boden.

Eine kurze Besprechung mit Bria, dann ging es wieder in den Parcours. Staunend fiel mir die Kinnlade herunter. Diesmal waren sie sogar noch schneller. Trotzdem kam Michael knapp als zweiter wieder zurück. Erste war die sehr schlanke Frau mit den braunen Haaren. Sie wischte sich gerade den Schweiß von der Stirn und tätschelte mit der anderen Hand ihr weißes Pferd mit den dunklen Punkten und der schwarzen Mähne. Auch dem Pony rann der Schweiß über das Fell.

Ich stellte zwar fest, dass sie die schnellste gewesen war, dafür rollte aber einer ihrer Kegel über den Boden. Mein Mund verzog sich zu einem Schmunzeln. Gespannt sah ich zu, wie sie Runde um Runde drehten. Dabei drückte ich Michael beide Daumen. Wortwörtlich. Ich musste aufpassen, dass ich sie mir nicht abdrückte. Es war unglaublich, wie die Tiere haarscharf an den Hütchen vorbeiflogen. Ich wunderte mich, dass sie es schafften, sich dabei nicht die Beine zu verknoten.

Als ich meine Daumen schon kaum noch spüren konnte, kamen die vier Reiter um die Trainerin zusammen. Es folgte ein etwas längeres Gespräch. Das Team nickte, sah sich untereinander an und machte hin und wieder selbst eine Bemerkung. Schließlich wandten sie ihre Pferde ab. Im Schritt ritten sie hinüber zu der kurzen Seite des Platzes zu meiner Linken. Von irgendwoher brachte ein hagerer Junge lange Schläger mit Holzklötzen an einem Ende. Am anderen Ende befand sich ein rutschfester Griff. Der Junge gab Michael und seinen Kameraden jeweils einen davon.

So ausgestattet trennten sie sich. Jeder für sich ritt nun wieder um den Platz. Gemütlich und locker im Schritt oder Trab. Dabei ließen sie die Pferde immer wieder kleine Kreise oder seitwärts gehen. Die Schläger schwangen sie mit der rechten Hand seitlich vom Pferd, unter dem Hals hindurch, darüber hinweg, auf der anderen Seite des Körpers oder sie drehten sich nach hinten und ließen ihn hinter dem Pferd vorbeipendeln. Jetzt verstand ich auch, warum die Schweife der Pferde eingebunden waren. Darin hätten sich die Schläger sonst hoffnungslos verheddert.

Schweiß lief mir von der Stirn über die Nase. Mit dem Handrücken strich ich darüber. Ich hatte gar nicht bemerkt, wie spät es geworden war. Die Sonne brannte bereits jetzt schon wieder erbarmungslos vom Himmel herunter. Ich nahm das Handy aus der Hosentasche und sah auf die Uhr. Noch eine halbe Stunde. Dann müsste ich mit dem Rad wieder aufbrechen.

Plötzlich bemerkte ich eine Bewegung aus dem Augenwinkel. Ich sah auf. Michael hatte sein Pferd vor mir angehalten. Schweißnass, aber zufrieden lächelnd stieg er ab. Ich stand auf.

„Und, was meinst du?", fragte er erwartungsvoll. Vorsichtig streichelte ich dem Pferd die Nase, die es mir zustreckte.

„Das war unglaublich", antwortete ich ihm mit ehrlicher Begeisterung. „Ich hätte nie gedacht, dass Pferde so schnell rennen können. Ich habe die ganze Zeit mitgefiebert. Meine Daumen sind schon ganz wund." Ich hielt ihm meine Finger entgegen. Michael lachte herzhaft. „Aber die mit dem weißen Pferd hat dir richtig Konkurrenz gemacht."

Michael öffnete den Helm, hob ihn leicht an und entfernte mit der gleichen Hand den Schweiß von der Stirn. „Amanda. Unsere Jägerin."

„Jägerin?".

Er nickte. „Beim Polo gibt es jeweils zwei Spieler, die hauptsächlich für den Angriff zuständig sind. Die andern kümmern sich um die Verteidigung. Ähnlich wie beim Fußball, nur ohne Mittelfeldspieler. Amanda macht die meisten Angriffe auf das gegnerische Tor. Ihr Schimmel ist auch unser schnellstes Pferd."

„Und wo bist du?" „Ich bin ebenfalls im Angriff. Pete und Cleo verteidigen unser Tor. Die zwei haben die wendigsten Pferde und können schnell reagieren, wenn der Ball plötzlich aus einer anderen Richtung kommt." Ich nickte. Das leuchtete ein.

Michael nahm sein Pferd an den Zügeln und gemeinsam gingen wir wieder zurück zum Stall.

„Danke, dass ich mitkommen durfte." Michael strahlte. „Gerne. Möchtest du vielleicht nächste Woche wieder kommen?" Ich lächelte. „Das wäre super. Wann habt ihr denn einen Wettkampf?" „Der erste ist in acht Wochen. Wir fahren in eine kleine Ortschaft etwas südlich von hier zum Spiel gegen die dortige Mannschaft. Möchtest du gerne mitkommen?" Wieder nickte ich. Michaels Lachfältchen um die Augen vertieften sich. „Schön. Ich werde dir Bescheid geben, wenn wir den genauen Zeitplan haben."

Kapitel 5

Auf dem Rückweg war es vorbei mit der Stille des frühen Morgens. Überall raschelte und knackte es. Die Papageien schrien in den höchsten Tönen. Die Sonne schien grell durch das Blattwerk und erzeugte ein Mosaik aus hellen und dunklen Flecken auf dem Boden.

Auf dem Weg in die Stadt begegnete ich einem Emu, das in dieselbe Richtung unterwegs war. Der Vogel hatte es aber nicht so eilig wie ich. Im gemütlichen Lauftempo setzte er ein langes Bein vor das andere. Es sah so aus, als würde sich der Körper mit den dunklen Federn auf Stelzen fortbewegen.

Ein Stück legten wir gemeinsam zurück. Dann beschleunigte ich wieder und ließ das Tier hinter mir. Die Sonne brannte mir ins Gesicht. Siedend heiß fiel mir ein, dass ich den Sonnenschutz leider schon wieder vergessen hatte. Fluchend trat ich noch fester in die Pedale, obwohl mir der Schweiß schon in Strömen vom Körper herunter lief.

Ich hatte eine helle Haut, die leider schlecht Bräune ansetzte. Dafür hatte ich einen Sonnenbrand umso schneller. Ich wollte mir eigentlich angewöhnen, immer eine Creme zur Hand zu haben. Nur funktionierte das noch nicht ganz so wie geplant. Für diese Nachlässigkeit würde ich bestimmt wieder büßen müssen.

In der Stadt wurde die Hitze noch unerträglicher. Zwar gab es überall schattenspendende Bäume, trotzdem sammelte sich die erhitzte Luft zwischen den Gebäuden. Schnaufend und am Ende meiner Kräfte kam ich in unserem Wohnungskomplex an. Es kostete mich meine ganze Selbstbeherrschung, das Fahrrad noch aufzuräumen und abzuschließen, bevor ich in die Wohnung hinauf ging. Diesmal mit dem Aufzug, nicht mit der Treppe. Vielleicht sollte ich mich doch mal von Eliza zum Konditionstraining überreden lassen.

„Hallo", rief ich entkräftet, als ich die Wohnung betrat. Keine Antwort. Komisch. Dabei hatte ich doch Elizas Schuhe am Eingang gesehen. Ich schleppte mich zum Sofa, in das ich mich mit einem lauten Stöhnen fallen ließ. Den Kopf legte ich in den Nacken und stützte ihn auf der Lehne ab, während ich alle Viere von mir streckte. Selbst zum Augenschließen war ich zu fertig. Ich hatte unbedingt hierher ziehen wollen. Aber musste es denn so heiß sein? Das war wieder einer der Momente, in denen ich mich fragte, was mich geritten hatte, dass ich Österreich verließ.

Kurz darauf hörte ich etwas. „Eliza?", fragte ich noch halb in Trance. Keine Antwort. Ich setzte mich auf. Sofort rann mir wieder der Schweiß aus sämtlichen Poren. „Eliza?" Wieder keine Antwort. Jetzt reichte es doch langsam. Was sollte das schon wieder?

Ich lief in die Küche, aus deren Richtung das Geräusch gekommen war. Dort sah ich direkt auf Elizas athletischen Rücken. Sie stand an der Anrichte und bereitete gerade etwas leicht bekömmliches Fingerfood vor. Etwas anderes war bei der Hitze nicht hinunterzubekommen. Offensichtlich war sie schon länger da. Sie schien erfrischt nach einer Dusche. Das weißblonde Haar, das sie zu einem lockeren Knoten gebunden hatte, glänzte samtig. Ich bemerkte, dass am Ansatz schon wieder dunklere Stellen ihres von Natur aus dunkelblonden Haares zum Vorschein kamen. Sie war ständig damit beschäftigt, es wieder nachzubleichen. Den Aufwand würde ich mir niemals antun.

Ich trat zu ihr. „Hallo, Eliza. Warum antwortest du denn nicht? Wie war das Training?" Eliza schnitt ungerührt das Essen weiter. Gerade, als ich sie genervt zu mir herumdrehen wollte, machte sie den Mund doch noch auf: „Matthew hat nach dir gefragt", meinte sie ohne mich anzusehen. Ich stöhnte innerlich auf.

„Ich dachte, du interessierst dich nicht für ihn", fuhr sie fort. „Tu ich auch nicht." „Aber trotzdem hast du noch Kontakt zu ihm." „Nein." Ihr Kopf fuhr ruckartig zu mir herum.

„Warum hat er dann gefragt, ob du seine NACHRICHT erhalten hast?!" Ich trat einen Schritt zurück. „Ja, ich habe eine Nachricht bekommen, aber die habe ich sofort gelöscht. Ich weiß noch nichtmal, wie er überhaupt an meine Nummer kam. Hast du sie ihm etwa gegeben?" Jetzt war ich an der Reihe, meine Schwester mit zusammengekniffenen Augenbrauen anzusehen. Elizas Züge wurden etwas weicher. „Natürlich nicht. Schon komisch." Sie machte eine Pause.

Dann sagte sie halblaut: „Ich hätte wissen müssen, dass es ein Fehler war." Ich stutzte. „Was meinst du damit?" Eliza schüttelte den Kopf. „Ach, nichts." Sie sah mich an. „Vielleicht solltest du erst einmal duschen."

Ich schaute an mir hinunter. Vor allem mein T-Shirt war tropfnass geschwitzt. „Ich dachte, du hättest beim Sport ZUGESEHEN?", lachte sie. „ Dafür siehst du aber recht fertig aus." Empört stemmte ich die

Hände in die Hüften. „ Weißt du, wie anstrengend es ist, bei diesem Wetter mit dem Fahrrad zu fahren?"

Kapitel 6

Der Fahrtwind ließ uns die Haare wild um unsere Gesichter wehen und nahm der Hitze wenigstens einen Teil ihrer Schärfe. Da es nur wenige befestigte Straßen gab und die Wege meist unwegsam und holprig waren, hatten auch wir uns einen Jeep zugelegt. Das Dach hatten wir zu dieser Jahreszeit nur über Mittag nach oben geklappt, um uns vor der sengenden Sonne zu schützen. Jetzt zum Nachmittag lag es zusammengefaltet hinten auf dem Wagen.

In rasantem Tempo holperte das Gefährt über Stock und Stein. Orangegoldenes Licht ließ die kantigen Felsen sanfter erscheinen. Es war unglaublich, wie sicher Eliza das Fahrzeug durch die raue Landschaft steuerte.

Ich strich mir die Haare nach hinten, hielt das Gesicht in den Wind und lachte aus vollem Herzen. Das Gefühl der Freiheit ließ mich alle Sorgen vergessen. Mein Kopf wurde leer und frei von den Ereignissen und Problemen der letzten Tage. Ich fühlte mich leicht und unbeschwert.

Das Meer kam in Sicht. In sanftem Türkisgrün erstreckte es sich bis zum Strand und weit über den Horizont hinaus. Entlang der Küste erhoben sich in unregelmäßigen Abständen glatt geschliffene Felsen aus dem Wasser. Ich entdeckte ein Pärchen, das Hand in Hand am Rand des Wassers entlang ging. Es war herrlich, über den samtweißen Strand zu spazieren, die Füße ganz tief darin einzugraben und die Körner durch die Zehen rieseln zu lassen.

Ich sah wieder nach vorn. Wir hatten das Ziel fast erreicht. Ich lockerte meinen Gurt ein wenig und drehte mich im Sitz nach hinten, um mich zu vergewissern, dass auch wirklich alles da war. Wenn nicht, wäre es jetzt leider auch zu spät.

Auf der Laderampe lagen zwei große Sporttaschen und zwei flache, dreieckige Beutel säuberlich nebeneinander aufgereiht. In den Beuteln befanden sich die delfinähnlichen Monoflossen, die wir gleich zum Tauchen benutzen würden. Ich lächelte und setzte mich wieder richtig hin.

Keine fünf Minuten später parkte Eliza den Jeep neben der Klippe. „Den letzten beißen die Fische!", rief sie in einem singen Tonfall und grinste mich an. Ich grinste zurück. Wir waren beide ungeduldig und wollten die Erste im Wasser sein.

Schon während ich ausstieg, zog ich mir das Shirt über den Kopf. Die Tür schlug ich zu, dann wurden Shirt, Hose und Sandalen auf die Ladefläche geworfen. Den Bikini trug ich bereits darunter. Eliza stand auf der dem Meer zugewandten Seite, musste aber noch mit den Socken kämpfen, weil sie zum Fahren feste Schuhe angehabt hatte. Seite an Seite stürmten wir auf den Rand der Klippe zu. Ein kleines Stück mussten wir hinunter klettern, um das Plateau zu erreichen, von dem aus wir ins Wasser sprangen.

Das kühle Wasser schlug über meinem Kopf zusammen und ich fühlte mich gleich zu Hause. Ich tauchte wieder auf und sah kurz darauf auch Elizas Kopf aus dem Wasser aufsteigen. „Erste!", grinste ich. „Das war nur Glück!", antwortete sie lächelnd. Kurz darauf spritzte mir das Wasser ins Gesicht. Lachend erwiderte ich die Geste.

Unsere kleine Wasserschlacht hätte bereits ausgereicht, um uns aufzuwärmen. Dennoch schwammen wir noch um den runden Felsen, der ein paar Meter weiter draußen etwa zwanzig Zentimeter aus dem Wasser ragte. Danach ging es zurück aufs Plateau zum Dehnen. Das war wichtig, um gleich beim Tauchen keine Krämpfe zu bekommen und womöglich unterzugehen. Vorsichtig holte ich die große Monoflosse aus ihrer Tasche. Ihr unterer Teil war nicht gerade, wie bei den Flossen, die von Schwimmern genutzt wurden, sondern bog sich in der Mitte nach oben, sodass sie an den Seiten zwei Spitzen bildeten. Wie bei einem Delfin. Wir hatten die neuesten Modelle dabei, die im Grunde nur aus einer teils festen, teils elastischen Kunststoffplatte bestanden, die mit einem speziellen elastischen Stoff bezogen waren. Am oberen Ende boten zwei eng aneinanderliegende Löcher den Einstieg für die Füße.

Aus der Sporttasche holte ich das Kostüm, das mich wie eine Meerjungfrau aussehen lassen würde und beim Tauchen dabei half, die Beine zusammen zu lassen. Heute hatte ich eines mitgenommen, dessen Schuppenmosaik in Türkis und Blau schimmerte. Das von Eliza war in einem satten Rot gehalten. Am Flossenteil hatte es ein verschlängeltes Muster aus gelb und orange, sodass es im Wasser wie eine Flamme leuchtete.

Beladen mit den restlichen Utensilien stiegen wir wieder hinunter aufs Plateau. Da ich nicht so geschickt und sportlich war wie Eliza, brauchte ich immer etwas länger, um mich und die Sachen heil nach unten zu bringen. Bis ich dann in Kostüm und Flosse geschlüpft war, befand sich Eliza bereits wieder im Wasser. Sie schwamm vor dem Plateau auf und ab, wie die Haie unter der Planke in kitschigen Piratenfilmen.

Ein letztes Mal zog ich mein Kostüm über der Flosse zurecht, dann ließ ich mich selbst wieder ins Wasser gleiten. Ich bewegte die Beine zuerst ein paar Mal vor und zurück und genoss das Gefühl der Flosse unter mir.

Eliza gab ich ein Zeichen, dass ich nun auch soweit war. Dann atmete ich ein paar Male tief ein und aus, um den Sauerstoff in meinem Körper zu speichern. Dabei lockerte ich meinen Körper, entspannte die Muskeln. Die Augen halb geschlossen, nahm ich nur das sanfte Rauschen des Meeres wahr. Das Glitzern der Sonnenstrahlen auf den Wellen. Ich schnappte ein letztes Mal kurz nach Luft und tauchte ein in eine andere Welt.

Das Licht wurde trüber, als es vor meinen Augen verschwamm. Es brach sich in einzelne Strahlen auf, die von der Sonne als leuchtendem Punkt in der Ferne ausgingen. Das Rauschen verschwand. Stille hüllte mich ein und ließ mich die Welt da oben vergessen.

Nicht weit unter mir schillerten die bunten Korallen im schmeichelnden Licht der untergehenden Sonne. Ich nahm die Arme gestreckt nach vorn, um meinen Körper von vorn nach hinten wellenförmig auf und ab zu bewegen. Die Flosse gab mir dabei den Schub nach vorn. Es ist unglaublich, wie schnell man so durch das Wasser gleiten kann, wenn man nur etwas kräftiger mit der Flosse schlägt. Und das beste dabei war: Ich fühlte mich wirklich wie ein richtiger Fisch.

Übermütig drehte ich meinen Körper in einer Schraube, während ich mich weiter auf die Korallen zu bewegte. Schnell fand ich mich zwischen den buckligen Erhebungen des Riffs wieder. Ich folgte einer Schlucht weiter ins Meer hinaus. Ein Stück vor mir sah ich Elizas feuerrote Flosse aufblitzen. Sie lächelte mir zu und bedeutete mir mit einem Wink, ihr zu folgen. Gemeinsam drangen wir noch tiefer in das Labyrinth vor.

Eliza führte mich in eine Richtung, die ich bisher noch nicht erkundschaftet hatte. Eine der Schluchten war so eng, dass ich rechts und links fast an den Korallen hängen blieb. Ich sah, wie sich die kleinen Fische dazwischen versteckten, als sie vor mir flohen. Ich bemühte mich, so nah wie möglich an Eliza zu bleiben. Die Orientierung hatte ich längst verloren.

Als wir schon geraume Zeit unter Wasser waren, wollte ich Eliza mit einem kurzen Ruck an ihrer Flosse auf mich aufmerksam machen. Ich streckte gerade meine Hand danach aus, als sich die Schlucht auf einmal öffnete.

Hier fiel das Riff ab in ein regenbogenfarbenes Tal, das mich sofort faszinierte. Doch bevor ich es näher betrachten konnte, schwamm ich zuerst zügig an die Oberfläche. Dort steckte ich meinen Kopf aus dem Wasser und holte tief Luft. Ich fühlte mich zwar wie ein Fisch, trotzdem war ich keiner. Jetzt musste ich erst wieder Sauerstoff auftanken. Dabei sah ich mich um.

Ich befand mich draußen im offenen Meer. Um mich herum erstreckte sich der Ozean soweit das Auge reichte. Als ich mich umdrehte, erkannte ich die Küste, an der ich mich orientieren konnte. Unser Plateau war irgendwo rechts hinter einem Felsen verschwunden. Neben mir tauchte Eliza auf. Sie lächelte, holte Luft und verschwand gleich wieder in den Tiefen. Ich ließ mir noch eine Minute Zeit, bevor ich ihr folgte.

Am Grund des Tals erstreckte sich feinster, weißer Sand. Es wurde rundum von den zerklüfteten Felsen des Riffs begrenzt. Dazwischen verteilten sich kleine Hügel, wie Inseln, die ebenfalls über und über von Korallen bedeckt waren. Die Inseln waren getrennt durch Wege aus Sand. Es wirkte wie eine Gartenlandschaft, die die Besucher zu ausgiebigen Spaziergängen einlädt. Und genau das wollte ich nun tun. Schwimmend.

Ich schwamm erst ganz hinunter bis auf den Grund. Dort folgte ich einem der Wege zwischen den Inseln. Unterwegs wurde ich von einem Schwarm von Fischen eingehüllt. Sie hatten allesamt einen runden Rumpf, der in schwarzen und gelben Streifen leuchtete. Wie Unterwasserbienen. Ich schmunzelte. Hoffentlich hatten sie keinen Stachel. Aber sie wollten nur spielen. Eine Zeit lang machte ich Rollen, nach vorn, nach hinten mal eine Schraube rechts herum, mal eine nach links. Die Fische schwammen dabei eifrig um mich herum oder unter mir hindurch. Irgendwann zogen sie schließlich weiter.

Daraufhin schlug auch ich meine ursprüngliche Richtung wieder ein. Ich stieß mich mit der Flosse vorwärts bis ich mich ganz nah vor einer der großen Korallen befand. Neugierig folgte ich mit den Blicken den kleinen Fischen, die dort schwammen. Dabei entdeckte ich einen besonders schönen, grünen Fisch. Er hatte ein paar rote Flecken, einen blauen Schwanz und einen länglichen Kopf. Ich beobachtete, wie er sich gemächlich zwischen den verworrenen Ästen der Korallen hindurch bewegte. Misstrauisch nahm er mich ins Visier, als ich mich an seine Fersen – oder genauer gesagt, an seine Flosse – heftete. Das war gar nicht so leicht, weil ich ihn in der bunten Umgebung immer wieder aus den Augen verlor.

Auf einmal nahm ich eine andere Bewegung wahr, die meine Aufmerksamkeit auf sich zog. Eine Schere wurde auf und zu geklappt. Interessiert sah ich zu, wie sich der Krebs vorsichtig umsah, während er sich aus seiner Muschel schälte. Es war ein besonders schönes Exemplar, lang und weiß mit einer sanften Windung. Der Krebs krabbelte los und zog dabei die Muschel hinter sich her. Das zauberte mir ein Lächeln aufs Gesicht.

Plötzlich spürte ich etwas an meiner Schulter. Erschrocken drehte ich mich danach um. Es war zum Glück nur Eliza. Während ich die Tierwelt beobachtet hatte, war sie wie ein Flitzebogen darin umhergesaust. Jetzt deutete sie mit dem Finger nach oben. Ich nickte und machte mich mit ihr ans Auftauchen.

Oberhalb der Meeresoberfläche füllte ich zuerst wieder meine Lunge. Elizas Gesicht leuchtete. Ihre leicht geröteten Wangen ließen sie sogar noch hübscher aussehen.

„Wir müssen langsam zurück", meinte sie. Ich wandte mich um. Enttäuscht musste ich ihr Recht geben. Die Sonne begann in ihrem Sinkflug schon fast im Meer zu verschwinden. Ich sah zurück zu Eliza. „Du musst wieder vorne schwimmen. Ich finde hier nicht mehr raus." Sie lachte. „Typisch!" Ich blies entrüstet die Backen auf.

Nach einer kurzen Pause machten wir uns auf den Heimweg. Eliza hatte sich die Strecke tatsächlich merken können.

Kapitel 7

Ich stöhnte auf. Meine Haut zog sich unangenehm über meinen Körper. Schon bevor ich in den Spiegel sah, wusste ich, was mich erwartete. Ich sah aus wie ein Krebs. Das hatte ich nun davon, dass ich morgens in der Eile meinen Kopf nicht eingeschaltet hatte. Dafür durfte ich nun umso mehr schmieren - und mit einer langärmligen Bluse zur Arbeit gehen.

Wenigstens die angenehm kühle Morgenbrise hellte mein Gemüt wieder auf. Die goldgelbe Sonne schälte sich gerade erst hinter dem Horizont hervor. Ich war mal wieder früher als nötig unterwegs zur Arbeit. Mir war die Stille in der langsam erwachenden Welt einfach lieber. Nur hier und da war ebenfalls schon jemand auf den Beinen.

Den Weg in die kleine Bücherei mit angeschlossener Bibliothek kannte ich mittlerweile im Schlaf. So blieb mir die Möglichkeit, noch etwas meinen Gedanken nachzuhängen.

Zum Glück war zwischen mir und Eliza wieder alles in Ordnung. Wir hatten ein schönes, gemeinsames Wochenende gehabt. Nach dem Tauchen gab es einen Filmabend mit viel leckerem, selbstgemachten Popcorn und einen gemütlichen Sonntag auf dem Sofa mit viel Tratsch. Eliza konnte weiterhin ihrem Matthew nachhimmeln. Und ich und Michael - wer weiß... Ich wusste gar nicht, wie wir uns wegen zwei Männern so zerstreiten konnten. Dabei waren wir doch schon so lange unzertrennlich.

Das kleine, dreistöckige Gebäude lag noch im Dunkeln, als ich es wie immer durch die Hintertür betrat. Außer mir war noch keiner hier. Aber das war auch nichts neues. Ich liebte meine Arbeit. Und erntete für mein Geschichtengedächtnis in den meisten Fällen ungläubige, aus den Wolken fallende Gesichter.

Auf den heutigen Tag freute ich mich sogar besonders: Noch am Vormittag sollte die Lieferung mit den Exemplaren für die Sortimentserweiterung der Bibliothek eintreffen. Das war immer etwas ganz besonderes. Ich war zwar an der Auswahl der Schriftstücke beteiligt und wusste, was dabei sein würde, trotzdem liebte ich es, sie dann endlich in der Hand zu haben. Es war jedes Mal wie das Wühlen in einer Schatzkiste. Ich fühlte mich dann immer wieder wie ein Kind an Weihnachten. Noch schöner wurde das Gefühl, wenn ich daran dachte, wie bald unsere Gäste mit strahlenden Gesichtern in den Buchreihen stöbern würden.

Nachdem ich meine Sachen an ihrem Platz verstaut hatte, startete ich den Server. Das Licht blieb noch aus. Ich wollte das Zwielicht und die Stille noch eine Weile genießen.

Die Arbeit am nächsten Projekt musste wegen den neuen Büchern für heute ruhen, also legte ich die Unterlagen hierfür auf die Seite. Vom Vortag waren auch noch zurückgegebene Bücher und CD's auf dem Wagen geblieben. Nachdem mein Arbeitsplatz vorbereitet war, machte ich mich also daran, diese wieder an ihre Plätze zu bringen.

Gemütlich schob ich das Wägelchen von einer Abteilung zur anderen. Schließlich hatte ich ja auch noch Zeit. Ich war so in meiner Welt versunken, dass es eine Weile dauerte bis ich bemerkte, dass das leise Klingeln in meinen Ohren von meinem Handy kam. Da hatte ich doch tatsächlich vergessen, das Teil auf Stumm zu schalten! Aber wer rief mich denn auch um diese Uhrzeit an?

Schnell lief ich wieder zurück und kramte das kleine Smartphone aus der Tasche. Auf dem Display erschien sogleich der verpasste Anruf. Unbekannt. Jedenfalls wurde kein Kontakt angezeigt. Ich ließ mir die Nummer anzeigen und starrte sie an. Sie kam mir doch irgendwie bekannt vor. Nur fiel mir nicht ein, woher.

Nachdenklich und etwas verwirrt aktivierte ich die Stummfunktion, bevor ich das Gerät wieder in die Tasche gleiten ließ. Wie in Trance bewegte ich mich zurück zu dem Wägelchen, das ein Stück weiter gerollt war, nachdem ich es verlassen hatte.

Stoisch machte ich mich weiter an den Exemplaren darauf zu schaffen. Das hier gehörte zu den Krimis, das andere zu Science Fiction, das nächste war ein Sachbuch. Es war doch immer wieder erstaunlich, was für Mischungen zusammen kamen, wenn mehrere Personen ihre geliehenen Bücher wieder abgaben.

Stück für Stück leerte sich der Wagen. Aus dem untersten Fach kam ein kleines Taschenbuch. Fast hätte ich es einfach blind an seinen Platz gestellt. Aber irgendwas ließ mich noch einmal einen genaueren Blick darauf werfen. Es handelte sich um ein Theaterstück für Kinder, Tausendundeine Nacht. Das rief Erinnerungen wach. Mit gemischten Gefühlen, teils angenehm nostalgisch, teils bitter, betrachtete ich den einfachen Einband.

Kapitel 8

Österreich, April im Jahr 2000

„He, gib doch mal das Band hier rüber!"

„Ich brauche den Kleber!"

„Wo ist die Schere hin?!"

Der Saal war ein einziges Durcheinander aus kleinen Körpern und Kinderstimmen. Dazwischen stapelten sich diverse Teile aus Pappe, Stoff und sonstige Utensilien. Das Theaterstück sollte erst am Ende des Schuljahres aufgeführt werden. Trotzdem liefen die Vorbereitungen schon auf Hochtouren. Bühnenbilder wurden ausgearbeitet, Kostüme skizziert und Requisiten gebastelt. Mit Spaß und Eifer waren die Kinder bei der Sache. Die eigentlichen Proben rückten dabei fast in den Hintergrund.

Nur ein Mädchen lehnte, ganz in den Text versunken, an einem der großen Fenster. Das dunkelblonde Haar hatte es wie immer zu einem einfachen Pferdeschwanz gebunden, der Pony fiel ihr locker ins Gesicht. So unscheinbar sie auch wirkte, schauten die anderen Kinder doch immer wieder zu ihr hinüber, wenn sie vorbei hasteten oder kurz von ihrer Arbeit aufblickten.

Die Lehrerein trat zu ihr und sah das Mädchen durch ihre runden Brillengläser hindurch an.

„Hallo, Sarah. Wieder ganz in den Text versunken?"

Das Mädchen blickte auf. Es blinzelte, dann wurde es rot. Sie schien jetzt erst zu bemerken, dass sie nicht alleine war.

„Entschuldigung, was haben Sie gesagt?", antwortet Sarah mit glühenden Wangen.

Frau Reich lachte. „Schon gut. Wahrscheinlich wirst du das Stück nachher besser kennen als jeder andere." Sie machte eine kurze Pause, in der sie das Mädchen weiter mit den Augen erforschte. „Bist du sicher, dass du keine der Rollen mit Text haben möchtest?"

Sarah erschrak, dann nickte sie so heftig mit dem Kopf, dass ihr Zopf wild auf und ab sprang. „Ja, ganz sicher."

Die Lehrerin sah ihr noch einen Augenblick in die Augen. Dann richtete sie sich auf. „Na gut. Aber dann solltest du wenigstens den anderen helfen."

Sarah nickte wieder, legte das Buch zur Seite und eilte zu den anderen Kindern.

Draußen verfärbte sich das Licht rotgolden und kündigte einen herrlichen Sonnenuntergang an. Dünne, lang gezogene Wolken zogen träge über den Himmel, um den malerischen Anblick zu vollenden. Ein paar Amseln sangen ihre Lieder, nebenan in dem umzäunten Sportplatz spielte eine kleine Gruppe Basketball. Ansonsten war es still. Doch drinnen nahm niemand etwas von der Idylle wahr.

Hektisch rannten die Kinder von einem Zimmer zum anderen. Die Klassenräume neben dem großen Saal waren zu Umkleiden umfunktioniert worden. Der große Abend war endlich da. Noch waren es ein paar Stunden bis zum Auftritt, für den sie so viel geübt und vorbereitet hatten.

„Vielleicht hätten wir die Schleife doch etwas höher anbringen sollen?"

„Sicher, dass das so passt?"

„Ist der Turban nicht etwas groß?"

„Und was ist, wenn…"

„Kinder!", unterbrach Frau Reich das Geschnatter. „Es ist alles gut, so wie es ist. Macht es heute einfach so wie in den Proben auch, dann wird nichts schief gehen." Ruhiger, aber trotzdem sehr nervös machten sich die Schüler wieder an ihre Aufgaben.

In einer der Umkleiden ließ sich Eliza gerade von ihrer Schwester in das pompöse Kostüm helfen. Sie war mittlerweile schon mindestens so groß wie ihre ältere Schwester und es war gar nicht so einfach, den ganzen Stoff über ihren Kopf zu bekommen. Dass sie dabei nicht ruhig stehen konnte, machte das ganze nicht einfacher.

„Jetzt halt mal still!", fuhr Sarah sie genervt an.

„Ja, ja", antwortete Eliza beiläufig. „Aber ich kann es nicht erwarten, dass es endlich los geht!" Dann zappelte sie wieder los.

Sarah seufzte geschlagen und versuchte weiter, das orientalische Mieder zu schnüren. Ihre Schwester würde die Hauptrolle spielen. Als Sheherazade sollte sie ihrem Scheich die tausendundein Märchen erzählen. Aber statt sich darum Gedanken zu machen, wäre sie natürlich am liebsten gleich auf die Bühne gesprungen. Notfalls auch allein. Das war für sie kein Problem.

Sarah lächelte. Ihre ‚kleine' Schwester war schon ein Phänomen. Immer im Rampenlicht, ohne Scheu oder Bedenken, dass etwas nicht funktionieren oder sie sich sogar bis auf die Knochen blamieren könnte. Nicht Eliza. Sie machte dann einfach weiter und hinterher glaubte jeder, dass sogar der Patzer so geplant gewesen war.

Nach dem Kostüm kamen die Haare dran. „Wenn du nicht endlich still hältst, wird alles schief!" Sarah spürte, wie die Schwester zitterte und beinahe platzte, bei dem Versuch ruhig sitzen zu bleiben. Zum Schluss noch das Make-Up. Geschafft. Und schon sprang Eliza hoch, um die anderen auf Trab zu bringen. Erschöpft ließ Sarah sich auf den Stuhl fallen. Endlich.

„Sarah." Das Mädchen sah auf. Frau Reich kam auf sie zu. „Du solltest dich auch langsam fertig machen."

Sarah nickte, blieb aber trotzdem noch ein paar Minuten sitzen, nachdem die Lehrerin sie wieder verlassen hatte. Schließlich musste sie ja nur noch die übergroße Trägerhose mit dem Höcker am oberen Teil und dem Schwanz am Po überziehen. Man hatte sie dazu überredet, das Hinterteil des Kamels zu spielen. Weil natürlich niemand anders die Rolle haben wollte. Aber ihr war das gleich. Da konnte sie schon nicht so viel falsch machen. So musste sie auch nicht direkt vor den ganzen Leuten stehen. Es würde sie ja niemand richtig sehen.

Als sie etwas später an der Reihe war, hakte sich Sarah hinter Marius ein, zog sich den Höcker über den Kopf und los ging es. In gemächlichem Tempo ließ sie sich von dem Jungen auf die Bühne führen. Sie hatte keine Ahnung, wo auf der Bühne sie sich überhaupt befand, aber das machte nichts. Sie brauchte ja nur Marius zu folgen.

In Gedanken sprach sie die Texte mit und verzog jedes Mal das Gesicht, wenn ein Wort so nicht im Skript gestanden hatte.

Einmal hörte Sarah ihre Schwester direkt neben sich reden. Sie sprach selbstbewusst, mit voller, lauter Stimme.

Trotz der allgemeinen Nervosität – außer bei Eliza natürlich- und anfänglicher Unsicherheit meisterten alle ihre Rollen und Aufgaben auf und hinter der Bühne mit Bravour.

Stolz wurden beide Mädchen danach von den Eltern empfangen. Eliza konnten sie zwei Tage darauf sogar groß in der Zeitung bewundern.

Kapitel 9

Australien, 2016

Es stellte sich recht schnell heraus, von wem der Anruf gekommen war. Kurz vor zwölf Uhr stand Jane, vom einen Ohr zum andern grinsend, vor mir. Ich sah sie verwirrt an. „Seit wann bist du ein Honigkuchenpferd?", fragte ich. Ihr Grinsen wurde sogar noch breiter.

„Sag mal, wo hast du den her?", erkundigte sie sich stattdessen. „Der Typ ist echt heiß!" Jetzt verstand ich überhaupt nichts mehr. Hatte sie zu lange in der Sonne gestanden?

„Unten an der Rezeption", rückte Jane dann endlich mit der Sprache heraus. „Da steht ein Typ, der nach dir gefragt hat. Ausdrücklich."

Ein Typ, der nach mir gefragt hat? Außer den Zwillingen hatte ich hier keine männlichen Bekanntschaften und keiner von beiden wusste, wo ich arbeitete. Wer konnte das nur sein? Noch während ich grübelte, schob mich Jane mit einem energischen „Nun geh schon!" hinüber zur Treppe.

Schon auf dem Absatz schwante mir schreckliches. Im Eingangsbereich hatte sich eine Traube aus Mädchen und Frauen gebildet. Der braune Schopf, der daraus hervor ragte, kam mir leider nur allzu bekannt vor. Langsam trat ich näher und überlegte in Gedanken angestrengt, was ich jetzt tun sollte. Matthew stand am großen Tresen und hatte die Aufmerksamkeit sämtlicher weiblicher Wesen in Sichtweite auf sich gezogen. Sogar Cynthia von der Rezeption sah ihn schmachtend an.

Nur noch zwei Schritte. Was sollte ich tun? Dabei war ich froh gewesen, den Streit mit Eliza beigelegt zu haben. Und nun das. Ich holte Luft, um etwas zu sagen. Doch er kam mir zuvor.

„Da bist du ja, Prinzessin", säuselte er mit seinem schneeweißen Schauspielerlächeln. Die menschliche Traube schmolz noch etwas weiter „Du machst dich ja ganz schön rar. War gar nicht so einfach, dich zu finden."

Ruhig bleiben, sagte ich mir. Doch in mir brodelte es. „Was machst du hier?" Ich versuchte, es möglichst neutral klingen zu lassen.

„Dich besuchen natürlich. Leider bist du ja nicht ans Handy gegangen. Aber ich wäre ja sowieso gekommen. Ich will dich zum Essen abholen." Der Kerl war ja ganz schön von sich eingenommen. Fragte noch nicht einmal, ob ich überhaupt mitkommen wollte. Ich spürte, wie mich tausend eisige Blicke durchbohrten. „Tut mir Leid“, sagte ich, „aber ich habe erst in einer Stunde Pause.“

„Das macht nichts“, kicherte Jane hinter mir. Ich hatte gar nicht bemerkt, dass sie mir gefolgt war. „Du kannst sie ruhig nach vorn verlegen.“ Sie grinste mich vielsagend an.

Innerlich seufzte ich schwer. Ich drehte mich um. „Danke für die Einladung“, sagte ich höflich, auch wenn es gar keine Einladung gewesen war. „Aber ich muss trotzdem ablehnen. Ich habe noch einiges zu erledigen und werde meine Pause heute hier verbringen.“ Damit machte ich auf dem Absatz kehrt, ohne auf eine Antwort zu warten und ging die breite Holztreppe wieder nach oben.

Und als ob das nicht gereicht hätte, ging es nach dem Feierabend gleich weiter. Der Kerl musste ein Stalker sein. Was wollte er nur von mir? Kaum trat ich zum Vordereingang hinaus, prallte ich rückwärts wieder gegen die Tür. Matthew lehnte lässig an einer der Säulen. Das Lächeln im rotgoldenen Abendlicht drohte, mich zu blenden. Er nahm seine Brille ab und trat auf mich zu. Ich musste den Kopf in den Nacken legen, um ihm in die Augen zu sehen.

„Endlich fertig mit Büchern wälzen?“ Es klang mehr wie eine Feststellung als eine Frage. „Ich habe uns einen Tisch im Chanson reserviert.“ Meine Augenbraue wanderte nach oben. Das Chanson war ein sehr vornehmes Sternerestaurant im Zentrum der Stadt. Ich trat einen Schritt zurück. „Tut mir leid, aber ich fürchte, dafür bin ich nicht passend gekleidet.“ Ich wollte mich schon seitlich an ihm vorbei drücken, da versperrte er mir wieder den Weg. „Keine Sorge, du bist hübsch genug, Süße. Natürlich lade ich dich ein. Seine Zähne blitzten wieder. Ich überlegte mir schon, im Laufschritt nach Hause zu düsen. Aber vermutlich würde ich nicht weit kommen. Der Kerl hatte einfach so verdammt lange Beine. Eliza wäre bei seinem Besuch garantiert aus dem Häuschen gewesen. Leider war sie heute nicht da. Sie war mit ihrem Vorgesetzten bei einem wichtigen Treffen und würde erst sehr spät nach Hause kommen – oder früh, wie man es nimmt. Ich wollte nicht riskieren, dass er mir auch noch dorthin folgte. Also ging ich zähneknirschend auf die Sache ein.

Wir fuhren in seinem Auto in die Stadt. Natürlich ein Sportwagen. Das Verdeck war geöffnet, der Wind spielte mir um die Nase und der blutrote Lack glänzte mit Matthews Lächeln um die Wette. Ich machte mir nur Sorgen, weil ich mich wieder nicht eingecremt hatte. Das war allerdings auch nicht so geplant gewesen. Mehr als einmal kam seine Hand am Schaltknüppel meinem Bein gefährlich nahe. Leider war der Sitz nicht breit genug, um noch weiter auf die andere Seite zu rutschen.

Ich trug zwar auch im Alltag durchwegs legere Kleidung, trotzdem kam ich mir schäbig vor, als uns die große, doppelflügelige Glastür von den Bediensteten geöffnet wurde. Vorsichtig setzte ich meine Füße auf den roten Teppich. Wir wurden sogleich an unseren Tisch begleitet. Eine halbdunkle Nische, etwas abseits vom Schuss, aber in der Nähe des Klaviers. Es wurde gefühlvolle Musik gespielt, begleitet vom Gesang einer jungen Dame in einem schillernden Kleid. Ich sah an mir hinab. Plötzlich war ich irgendwie froh, im Halbdunkeln zu sitzen, auch wenn ich natürlich wusste, was das zu bedeuten hatte. Und das war gar nicht gut.

Wir saßen uns schweigend gegenüber, bis wir bestellt hatten und das Essen schließlich serviert wurde. Um ihm eins auszuwischen, hatte ich das teuerste Gericht gewählt, das ich als essbar identifizieren konnte. Jetzt türmte sich ein buntes, sehr kreatives Gebilde aus Fisch, Glibberzeug und Beilagen vor mir auf. Seine Wahl sah nicht weniger abenteuerlich aus.

Ich für meinen Teil sprach weiterhin nicht viel. Dazu wäre ich auch gar nicht gekommen, wenn ich gewollt hätte. Er erzählte mir in einem Fort, welche Schwerpunkte er in seinem Studium gewählt hatte, prahlte mit gewonnenen Wettbewerben und Medaillen in diversen Disziplinen und gab eine glänzende Anekdote nach der anderen. Das einzige, was bei mir irgendwie hängen blieb, war der arme Konkurrent, ein Kommilitone im gleichen Semester, der sich zwar redlich Mühe gegeben – nach Matthews Aussage- aber einfach nicht genügend Mumm und Kraft gehabt hatte und angeblich jedes Mal von ihm in den Sand gesetzt worden war. Ob das alles wirklich so stimmte, konnte ich natürlich nicht sagen.

Im Großen und Ganzen langweilte ich mich also den ganzen Abend. Wenn ich mich nicht gerade insgeheim über seine Protzerei aufregte. Äußerlich ließ ich mir davon nichts anmerken. Ich konzentrierte mich nur darauf, das Essen langsam zu verspeisen, um zu verhindern, nur bescheuert da zu sitzen. Oder schlimmeres hervor zu rufen. Wenigstens entpuppte sich das kryptische Gebilde als äußerst schmackhaft, auch wenn ich nie wissen werde, um was es sich dabei eigentlich gehandelt hatte.

Als der Teller dann schließlich doch leer war, versuchte ich, mich für alles zu wappnen. Matthew, der bereits vorher fertig gewesen war, brachte das Geprahle schnell zu Ende und ließ zügig die Rechnung bringen. Nachdem dann auch der Wein getrunken war, wurde ich von Matthew zur Tür geführt. Seine Hand lag dabei etwas zu tief an meinem Rücken. Meine Muskeln waren zum Zerreißen gespannt, als wir nach draußen traten und ich fieberhaft überlegte, wie ich da jetzt heraus kommen sollte. Jedenfalls verlor er keine Zeit. Er öffnete die Wagentür und sagte: „Zu mir oder zu dir?"

Zum Glück befand sich genau daneben eine Bushaltestelle und da hielt auch gerade jetzt ein Bus. Schnell sprang ich hinein, bezahlte und war froh, dass sich die Türen schlossen, bevor mein vermeintlicher Verehrer reagieren konnte.

Schweren Schrittes trat Michael durch die Tür. Er machte das kleine Licht dahinter an und legte den Schlüssel auf die Kommode. Erleichtert löste er den Knoten der Krawatte, während er weiter schlurfte, um auch das große Licht zu entzünden. Das Meeting war sogar noch anstrengender gewesen als er befürchtet hatte. Diese großkotzigen Geschäftsmogule mit ihren extravaganten Wünschen, aber wehe, sie sollten etwas dafür bezahlen.

Er trug immer noch das Jackett, als er sich vor dem Küchentresen auf einen der Hocker setzte. Am liebsten wäre er direkt ins Bett gefallen, aber selbst dafür wollte er sich jetzt nicht aufraffen.

Da hörte er das Kichern. Eine weibliche Stimme sagte etwas. Es kam aus Matthews Zimmer. Mit einem Mal war Michael hellwach. Natürlich war Damenbesuch bei seinem Bruder ganz und gar nichts neues. Aber er hatte das Gespräch nach dem Essen mit den beiden Schwestern nicht vergessen. Sein Herz raste immer schneller, als er daran dachte. Dabei war sie erst vor kurzem mit ihm bei den Pferden gewesen. Er schluckte schwer. Was sollte er jetzt tun? War es wirklich sie, die jetzt im Bett seines Bruders lag? Michael sah sich um. Vielleicht könnte er ein Kleidungsstück oder auch eine Handtasche entdecken, die einen Hinweise hätte geben können.

In diesem Augenblick öffnete sich die Tür. Matthew trat heraus. Nicht einmal eine Boxershort hatte er sich schnell übergezogen. Dabei hatte er das Licht bestimmt schon vorher bemerkt. Er machte sich nicht die Mühe, die Tür hinter sich zu schließen, bevor er zum Kühlschrank lief. Michael sah eine hübsche Brünette mit hitzigem Blick aus dem Zimmer sehen. Das Herz sank ihm beinahe in die Hose, als er auf seinem Hocker zusammensackte.

„Soll das heißen, du hast Sarah abgeschrieben", fragte er. Matthew sah ihn kurz von der Seite an, als er eine Bierdose aus dem Kühlschrank holte. „Keineswegs."

Kapitel 10

Die Fahrt dauerte eine gefühlte Ewigkeit – und war trotzdem viel zu schnell vorbei. Außer mir waren nur noch ein paar vereinzelte Nachtschwärmer unterwegs. In dem Bus war es fast gespenstisch still. Nur das Radio des Fahrers trällerte leise vor sich hin. Irgendein Seniorensender zu mitternächtlicher Stunde. Sonst rührte sich nichts.

Ich hatte mir einen Platz im hintersten Teil des Buses gesucht. So hatte ich zumindest alle anderen Gäste im Blick. Wie ich schienen sie alleine unterwegs zu sein. Dabei fuhren meine Gedanken Achterbahn. Eigentlich sollte ich Eliza sofort davon erzählen, was passiert war. Und auch warum. Schließlich hatte ich da nicht freiwillig mitgemacht. Ich war dazu genötigt worden!

Andererseits war es vielleicht doch besser, wenn sie nichts davon wusste. Das ganze würde garantiert wieder in einem Streit enden. Darauf hatte ich nun wirklich keine Lust. Schließlich hatte uns ja auch niemand gesehen. Oder? Nicht auszudenken, was passieren würde, wenn sie auf anderem Wege davon erfuhr! Das würde ja förmlich danach schreien, dass ich hinter ihrem Rücken mit ihrem Angebeteten ausgegangen war. Aber wie sollte ich ihr den Zwischenfall schonend beibringen, ohne dass sie ausrastete, bevor ich überhaupt alles erklären konnte?

Während der gesamten Fahrt zermarterte ich mir das Hirn und kam doch auf keine Lösung. Meine Haltstelle hätte ich dabei auch noch fast verpasst.

In der Wohnung war es sogar noch leiser. Auf Zehenspitzen ging ich hinein und vermied jedes unnötige Licht. Eliza schien bereits zu schlafen. Da ich morgens immer schon vor ihr weg war, blieb mir so immerhin noch eine Schonfrist bis morgen Abend. Ich schlich ins Badezimmer, von dort dann direkt in mein Zimmer und ins Bett. Schlafen konnte ich noch lange nicht.

Total gerädert rollte ich mich aus dem Bett. Der verdammte Wecker machte meine Kopfschmerzen auch nicht besser. Am liebsten hätte ich das Teil an der Wand zerdeppert. Stattdessen schlug ich wütend darauf und schleppte mich dann mit schlurfenden Schritten aus dem Zimmer. Nach dem Traumstart verlief der Rest des Tages auch nicht besser. Ich wandelte wie eine Tote durch die Bibliothek. Die vielsagenden Gesichter der Kolleginnen verhalfen meinem Gemüt auch nicht zum Besseren. Da waren mir die grimmigen Eifersuchtsfratzen, auf die ich zwischenzeitlich traf, schon lieber. Nur Jane wagte es einmal, mich mit ihrem Honigkuchenpferdgrinsen anzusprechen. Mein böses Grummeln hat mich aber zum Glück vor jedem weiteren Kommentar bewahrt.

Immerhin war Eliza bei dem Krach heute Morgen nicht aufgewacht. Sie hatte schon immer einen sehr guten Schlaf gehabt. Das Handy hatte ich erst gar nicht mitgenommen.

Sicherheitshalber verließ ich die Bibliothek abends durch die Hintertür. Die Stunde Null rückte immer näher. Nach dem Essen setzte ich mich wie immer mit einem Buch aufs Sofa. Darauf konzentrieren konnte ich mich allerdings nicht.

Es dauerte nicht lange bis die Tür förmlich auf flog. Entsetzt starrte ich darauf. War es etwa schon passiert? Hatte sie es doch irgendwie mitbekommen? Aber statt einer mordlüsternen Todesfratze strahlte mir ein Gesicht entgegen, das sogar die Sonne erbleichen ließ.

„Matthew hat mich zum Essen eingeladen!", tönte es gleich darauf durch die Wohnung. In diesem Moment beschloss ich, es darauf ankommen zu lassen. „Das ist ja super", wollte ich sagen, aber sie war schon in ihrem Zimmer verschwunden. Noch ein Grund mehr, weswegen ich ihr nicht von meinem Abend mit Matthew erzählen konnte, falls er es ihr stecken sollte.

Es dauerte eine geschlagene halbe Stunde bis sie in einem kurzen, knallroten Kleide aus dem Zimmer ins Bad brauste. Bis sie da wieder heraus kam, waren bestimmt nochmal zwanzig Minuten vorbei. Sie schlüpfte in dazu passende Pumps, nahm sich eine Handtasche und stürmte mit einem „Tschüss, muss mich beeilen!" wieder davon.

Kapitel 11

Elizas Verabredung schien gut verlaufen zu sein. Viel erzählt hatte sie mir davon nicht, dafür war das Strahlen nicht mehr aus ihrem Gesicht zu bekommen. Das ließ in mir die Hoffnung wachsen, das Problem endlich los zu sein. Der plötzliche Sinneswandel meines ungeliebten Verehrers war zwar schon verwunderlich, aber mir sollte es recht sein.

In der darauffolgenden Woche war Eliza für einige Tage geschäftlich verreist. So war ich auch am Wochenende allein. Nach dem Trubel wegen dem aufdringlichen Zwilling musste ich dringend meinen Kopf frei bekommen. Also beschloss ich, schon am Samstagabend schwimmen zu gehen.

Wir hatten zum Glück alles so arrangiert, dass Eliza das Auto nicht benötigte. Das hieß, ich konnte damit wie gewohnt zu unserem Stammplatz fahren.

Die Temperaturen begannen langsam zu fallen und den australischen Herbst zu begrüßen. Trotzdem war es immer noch sehr heiß. Für mich war der Gedanke immer noch sehr seltsam, den „Winter" im August zu haben – mit frühlingshaften Temperaturen. Ich würde hier das ganze Jahr über Shirts tragen können. Abends eventuell eine leichte Jacke dazu.

Diese Mal blieb ich beim Tauchen in Küstennähe. Die Gefahr, mich zu verirren war einfach zu groß. Das kühle Wasser und die Bewegung taten mir gut. Ich konnte mich ganz entspannt mit den Fischen im Meer treiben lassen. Versteckt zwischen den Felsen und Spalten gab es genauso viel zu sehen wie weiter draußen bei den Korallen. Vor allem Krebse und Muscheln gab es hier überall.

Besonders lange hielt ich mich bei einem Krebs auf, der in einer Felspalte zu leben schien. Emsig arbeitete er an den Algen auf dem Gestein, um dann immer wieder spurlos zu verschwinden. Ich konnte nicht herausfinden, was genau er da tat, weil ich auf einmal etwas auf meinem Rücken spürte.

Erschrocken riss ich den Mund auf, schluckte Wasser und drohte, zu ersticken. Mit rudernden Armen schaffte ich es gerade noch, mich am Felsen hinauf an die Oberfläche zu ziehen. Dort schnappte ich nach Luft und musste das ganze Wasser erst wieder heraushusten.

„Sarah?!", hörte ich auf einmal eine Stimme wie durch Watte hindurch rufen. Immer noch benommen sah ich nach oben. „Michael?" Ich musste kräftig blinzeln. Tatsächlich. Er war es. „Was machst du denn hier?"

„Das wollte ich dich gerade fragen", antwortete er. „Willst du dich ertränken?"

„Ich habe doch gesagt, ich gehe ganz gerne schwimmen."

Er lachte auf. „Ganz gerne ist ja wohl die Untertreibung des Jahrhunderts! Du siehst aus wie eine… eine…"

„Eine Meerjungfrau?", half ich ihm auf die Sprünge.

Er wurde rot. „Ja."

Jetzt musste ich lachen. „Das ist auch der Sinn der Sache beim Meerjungfrauenschwimmen." Michael deutete auf meine Flosse. „Wie machst du das? - Und wie kannst du so lange unter Wasser bleiben?! Du hast noch nicht einmal eine Tauchflasche!" Ich grinste. „Ein Kostüm und sehr viel Übung. Aber du hast mir noch gar nicht gesagt, was du hier machst."

Er sah hinaus aufs Meer. Ich folgte seinem Blick. „Ich komme gerne hierher, um das Meer zu beobachten." Er machte eine Pause. Irgendwie lag etwas sehnsuchtsvolles in seiner Stimme.

Ich sah wieder zu ihm hinüber. Er saß entspannt auf dem Felsen, ein Bein am Boden angewinkelt, das andere aufgestellt, den Arm hatte er locker darauf gelegt. Seine dunklen Haare wehten sachte im Wind und umspielten seine flache Stirn. Die blauen Augen leuchteten mit einer Intensität, die mir irgendwie bekannt vorkam. Ein unerwartetes Gefühl der Vertrautheit breitete sich in mir aus.

Vorsichtig stemmte ich mich aus dem Wasser, bemüht, Kostüm und Flosse nicht an den scharfen Kanten aufzureißen. Mit einem Mal saß ich direkt neben ihm und schaute mit auf den Horizont. Seine Nähe fühlte sich seltsam natürlich an. So, als wäre sie schon immer da gewesen.

Nach einer Weile wandte er sich zu mir um. „Bist du etwa von zu Hause bis hierher geschwommen?", fragte er schmunzelnd. Da musste ich wieder grinsen. „Ha ha", antwortete ich in sarkastischem Ton. Dazu hätte ich ein fliegender Fisch sein müssen Ich sah mich um und deutete dann in südlicher Richtung die Küste hinunter. „Ich habe ein Stück weiter geparkt", sagte ich.

„Es ist schon recht dunkel geworden", meinte Michael daraufhin. „Bist du sicher, dass du wieder zurück schwimmen möchtest?"

„Willst du mich etwa hinbringen?", gab ich prompt zurück. Er sah weg, aber ich merkte trotzdem, dass seine Wangen einen leichten Rotschimmer bekamen, und kicherte leise. „Wo musst du denn hin?", unterbrach ich die entstandene Stille.

„Ach, weißt du, die Richtung wäre schon ganz gut. Und gegen einen Spaziergang hätte ich nichts einzuwenden. Nur müsstest du dafür deine Flosse gegen Beine eintauschen, Arielle." Ich lachte. „Kein Problem, Triton." Ich zog das Kostüm von der Flosse, nahm diese dann von meinen Füßen und schlüpfte aus dem Rock.

Michael blinzelte interessiert zu mir herauf. „Jetzt weiß ich wenigstens, wie das funktioniert."

„Willst du es mal ausprobieren?"

Jetzt war es Michael, der herzhaft lachen musste. „Ich würde da doch niemals hinein passen."

„Die gibt es auch in Männergröße."

Er stand auf und bot mir an, mir beim Tragen zu helfen. Ich zögerte. Etwas unschlüssig gab ich ihm dann doch noch meine Flosse in die Hand. Ich war barfuß, aber das sandige Felsterrain war gut zu laufen. Außerdem bin ich schon immer gerne ohne Schuhe unterwegs gewesen. Eine andere Möglichkeit hätte es auch kaum gegeben. Es sei denn, Michael hätte mich auch noch getragen.

Es ging ein leichter Wind, der sanft meine Haare föhnte. Weiter unten brachen sich die Wellen am Gestein, die Sonne warf ein romantisches Licht auf die Idylle. Leider kamen wir viel zu schnell an meinem Wagen an.

Nachdem alles sicher auf der Ladefläche verstaut war, drehte ich mich noch einmal zu Michael um. „Kommst du morgen auch wieder?", fragte er. „Klar", antwortete ich mit einem kurzen Nicken. Mittlerweile war es zur Gewohnheit geworden, dass ich ihm beim Training zusah, während Eliza beim Tennis war. Michael lächelte. „Schön." Dann trat er unsicher auf der Stelle herum, als wollte er noch etwas sagen, tat es aber nicht.

Als ich die zum Zerreißen gespannte Stille nicht mehr ertragen konnte, verabschiedete ich mich mit einem kurzen: „Bis morgen." Michael sah auf. „Bis morgen", antwortete er trocken. Er schien etwas enttäuscht zu sein.

Was war denn jetzt schon wieder los?

Kapitel 12

Der Sommer in diesem Jahr war sehr schwül. Tatsächlich kündigte die flimmernde Luft ein Gewitter an – es kam aber nie. In der Nähe des Dorfes gab es ein Tal zwischen den allgegenwärtigen Bergen und Felsen. Einige der Felsen lagen auf der großen Wiese, mittendurch schlängelte sich ein Fluss. Er konnte über eine kleine Holzbrücke überquert werden. Zu diesem Zeitpunkt war er aber nicht mehr als ein Bach. Das Gras war ausgedörrt und teils verbrannt. Große, braune Flecken zogen sich über die einst saftige Wiese.

An einem der abstrakten Felsgebilde hingen zwei kleine Gestalten. Die eine erklomm den Giganten mit schnellen, flinken Zügen. Ab und zu rieselten dabei kleine Steinchen und Sand zur Erde hinab.

„He, Eliza!", rief das weiter unten hängende Mädchen. „Pass doch auf!" Sarah war damals noch einen halben Kopf größer als ihre jüngere Schwester. Klettern konnte sie trotzdem nicht so schnell. Bedächtig setzte sie Hände und Füße nur an wohlgewählte Stellen. Nur, wenn sie garantiert sicheren Halt hatte, wagte sie den nächsten Schritt. Dabei verursachte sie auch weniger Dreck – der ihr dafür von der Schwester auf den Kopf und in die Augen fiel.

„Du fällst noch runter!", rief sie weiter, aber da hörte der Kieshagel von oben auf einmal auf. Eliza war oben angekommen. Dort setzte sie sich jetzt fröhlich lachend auf das flache Dach des Felsens und blickte ins Tal hinab. Ihre Beine ließ sie über den Rand baumeln.

„Du brauchst immer so lang!", beschwerte sich das Mädchen mit ihrer piepsigen Stimme. „Du passt nicht auf!", konterte Sarah beleidigt. Sie würde schon auch gern so schnell klettern können. Irgendwie kam sie sich der jüngeren Schwester immer unterlegen vor – aber das würde sie natürlich niemals zugeben. Endlich zog auch sie sich das letzte Stück nach oben.

Vorsichtig krabbelte Sarah auf allen Vieren zu ihrer Schwester hinüber und setzte sich neben sie. Von hier aus konnten die zwei über das ganze Tal blicken: Ein paar Fische plätscherten müde im zäh dahinfließenden Fluss, das Wasser glitzerte verlockend im gleißenden Schein der Sommersonne. Der Kiesweg wand sich über die Brücke bis hinüber ins Dorf.

„Ich wette, von dem da könnten wir sogar die Häuser sehen", sagte Eliza. Sie deutete auf einen noch größeren Felsen in der nächsten Biegung des Flusses. Seine Wände ragten steil und zerklüftet nach oben. Größere und kleinere Spalten wechselten sich mit unförmigen Ausbuchtungen ab.

„Nein, das ist viel zu gefährlich!"', sagte Sarah. Aber Eliza war bereits aufgesprungen und kletterte genau so flink hinunter wie sie hinauf gekommen war.

„Eliza!" Sarah folgte dem anderen Mädchen, so schnell sie konnte. Sie schrie laut auf, als sie dabei mit einem Fuß abrutschte. Bis sie endlich unten angekommen war, hing ihre kleine Schwester aber schon an dem anderen Felsen.

„Eliza!", rief sie noch einmal, während sie hinüber rannte. „Komm sofort da runter!", brüllte sie atemlos vom Fuße des Felsens weiter. Eliza achtete nicht darauf. Stattdessen schien sie sogar scheinbar mühelos einen Weg nach oben zu finden. Sarah blieb unten stehen. Nervös trat sie das trockene Gras unter ihren Füßen platt. Sie hatte keine Ahnung, wie sie der jüngeren Schwester da hinauf folgen sollte.

„Eliza, bitte!", versuchte Sarah es noch einmal. Sie sah, wie Eliza ein paar Stellen ausprobierte bis sie sich an einer kleinen Vertiefung fest hielt, um das Bein nach oben zu ziehen. Dieses schien erst gut zu sitzen, doch als sie dann mit dem anderen Bein nach Halt suchte, löste sich der Stein, auf dem sie gestanden hatte. Eliza schrie auf. Jetzt ruderte sie wild mit den Beinen in der Luft. Verzweifelt suchte sie an der Wand etwas, auf das sie die Füße setzen konnte. Plötzlich gaben aber auch ihre Hände nach. Schrill schreiend rutschte sie nach unten bis sie sich am Ende der Spalte verkeilte. Wimmernd blieb sie da mit verrenkten Gliedern sitzen, drohte aber bereits, weiter, abzurutschen.

„Halt dich fest, ich komme!" rief Sarah. Ihre Angst vor dem Felsen war der Angst um die Schwester gewichen. Hochkonzentriert zog sie sich an den Steinen, Vertiefungen und Kanten nach oben. Sie wählte dabei möglichst feste und große Stellen, auf denen sie später hoffentlich auch wieder hinunter klettern konnten. Dadurch kam sie aber nicht gradlinig auf ihre Schwester zu. Ihr Weg machte einen Bogen, war aber sicherer und Sarah kam gut voran.

„Eliza, komm vorsichtig zu mir rüber!", wies Sarah das kleine Mädchen an, als sie es endlich erreicht hatte. Mit einer Hand versuchte Sarah,

Eliza zu stützen, während sie langsam einen Fuß in Sarahs Richtung setzte. Die ältere Schwester lotste sie dabei, damit Eliza dieses Mal einen guten Halt fand. So kämpften sie sich Stück für Stück zusammen hinunter.

Vollkommen erschöpft, dreckig und voller Kratzer und Schürfwunden kamen sie wie durch ein Wunder schließlich unten an. Sarah nahm ihre kleine Schwester in die Arme, als diese sich schluchzend an sie lehnte.

Kapitel 13

Es war Dienstagnachmittag und die Sonne brannte wie gewohnt vom Himmel. Die Bibliothek ist wegen einer internen Veranstaltung früher geschlossen worden. Das bedeutete einen freien Nachmittag für alle, die nicht gebraucht wurden – also auch mich.

Das war so ziemlich meine erste freie Zeit, seitdem ich hier angefangen hatte – jedenfalls an einem Wochentag. Eliza war immer noch nicht da und so stellte sich die Frage, was ich mit der Zeit machen sollte. Das Problem wurde mir beim Verlassen der Bibliothek allerdings ganz schnell abgenommen.

„Lust auf einen Kaffee?", fragte Jane, als sie plötzlich neben mir stand. Sie hatte ihre himmelblaue Tasche geschultert und lächelte mich verschmitzt an – das war ich ja mittlerweile gewohnt.

„Espresso wäre mir lieber", antwortete ich.

„Kein Problem, den gibt es da auch", konterte sie.

Also willigte ich ein.

Kurz darauf schlenderten wir gemeinsam durch die Straßen. Ich war froh, mir vorher nochmals etwas Sonnencreme aufgetragen zu haben. Viel Schatten gab es nämlich nicht. Ich folgte Jane, die uns zielsicher führte. Auf die Umgebung achtete ich dabei nicht besonders.

Das Café hatte eine schöne Außenterrasse. Die war aber menschenleer. Man hätte eine Stecknadel fallen hören können. Es war einfach zu heiß – trotz Sonnenschirmen. Die Gäste saßen alle innerhalb des Lokals. Dorthin bewegten wir uns nun auch. Jane bekam kurz darauf ihren Kaffee. Ich saß ihr mit einem doppelten Espresso und einem Stück Erdbeerkuchen gegenüber.

Wir unterhielten uns in entspannter Atmosphäre über die Bibliothek und einen Haufen belangloses Zeug. Bis Jane wieder damit anfing.

„Wer war dein Kavalier denn jetzt eigentlich?", fragte sie ganz unverblümt.

Ich stutzte. „Welchen Kavalier meinst du?", erwiderte ich ehrlich ahnungslos.

Jane stöhnte auf. „Na, den Typ, der dich letztens nach der Arbeit abgeholt hat."

Ich musste ausgesehen haben wie ein Mondkalb. „Abgeholt?"

Da dämmerte es mir.

„Das hast du mitbekommen?! Der hat mich nicht abgeholt – der hat mich belästigt! Von wegen Kavalier!"

Jane hob die Hände, bevor ich mich ganz in Rage redete.

„Alles ist gut", meinte sie beschwichtigend. „Aber es hat so ausgesehen, als würdet ihr zusammengehören. Wer war das denn dann bitte?"

Ich atmete tief durch. „Der Angebetete meiner Schwester".

„Hä?"

„Das ist der Tennislehrer meiner Schwester. An dem hat sie einen Narren gefressen. Keine Ahnung, wieso. Viel scheint der außer Muckis nicht zu haben. Sie hatte mich zu einem quasi Doppeldate mit seinem Bruder überredet. Seither lässt er mich nicht in Frieden."

Jane strich sich nachdenklich über das Kinn. „Das heißt, deine Schwester mag ihn, aber er hat sich in dich verschossen. Und du kannst ihn nicht leiden."

„Genau."

„Muss ganz schön kompliziert mit deiner Schwester werden."

Ich seufzte. „Ja."

„Weiß sie davon?"

„Nein."

„Und was ist mit seinem Bruder?"

Ich wurde rot.

Jane lachte „Aha."

„Es ist nicht so, wie du glaubst. Wir treffen uns ab und zu. Das ist alles."

„Hm. Aber du magst ihn?"

Ich wurde noch roter. „Kann sein."

Da musste Jane noch heftiger lachen. „Na, das verspricht, interessant zu werden."

„Das ist keine Sitcom!"

Sie lachte. „Nein, besser."

Jane verließ kurz darauf das Café, während ich es mir noch mit einem Buch und einem Eiskaffee gemütlich machte – im März. Nach dem letzten Thriller war es mir nach Abenteuer und Fantasy zumute und so ließ ich mich in ferne Welten führen.

Als ich dann schließlich auch aus dem Café trat, stellte ich fest, dass ich das Viertel gar nicht kannte. Ich hatte nicht den blassesten Schimmer, wo ich mich befand. Also lief ich los und versuchte, herauszufinden, woher ich gekommen war. Schon nach einigen Abzweigungen kam mir die Gegend noch unbekannter vor. Wo war das Café nochmal?

Die Stadt war nun wirklich nicht groß und ich hatte es schon wieder geschafft, mich zu verlaufen. Die Karte auf dem Smartphone half auch nicht viel – Kartenlesen kann ich nämlich genau so wenig. So blieb mir nichts weiter als die Sprachansage des Gerätes. Hier rechts oder doch erst da vorn? Ach, es war zum Verrücktwerden!

Irgendwie schaffte ich es dann doch noch zu einer Bushaltestelle. Erleichtert ließ ich mich auf einen Sitz in der Nähe des Fahrers fallen und ließ mich von ihm nach Hause lotsen.

Bis ich irgendwann total verschwitzt dort ankam, dämmerte es bereits. Ich wollte nur noch duschen und mich gemütlich vor den Fernseher schmeißen.

Schon beim Betreten der Wohnung stellte ich fest, dass Eliza wieder da sein musste. Der Anblick auf dem Sofa war aber ein anderer.

Dort saß ein braun gebrannter Matthew, das rechte Bein lässig auf das linke Knie gelegt, den Rücken an der Lehne, die Arme zu beiden Seiten darauf ausgebreitet. Als ob er hier wohnen würde. Und dann noch dieses Grinsen im Gesicht!

Wortlos flüchtete ich in die Küche. Ob er meine Panik bemerkt hatte? Aber das war mir jetzt auch egal. In der Küche bereitete Eliza gerade ein paar Snacks vor.

„Was macht der hier?", wollte ich ohne Preambel wissen.

„Wer?"

„Dein Tennislehrer!"

„Wir haben uns heute Mittag getroffen und dann ist er mit hierher gekommen?"

„Aber jetzt weiß er, wo wir wohnen!"

Elizas Gesicht verzog sich zu einer wütenden Fratze. „Na und?", fragte sie in deutlich erhöhter Laustärke. „Dein Michael war doch auch schon hier!"

„Das ist was ganz anderes!", antwortete ich aufgebracht.

„Und warum?! Ich wohne hier genauso wie du!", konterte Eliza.

„Du hast doch überhaupt keine Ahnung…!!"

„Aber du!", wurde ich von Eliza unterbrochen.

Sie nahm ihr fertiges Tablett und stapfte rüber ins Wohnzimmer.

Und jetzt? Ich konnte nicht ewig hier stehen bleiben. Aber um ins Bad zu kommen, musste ich durch das Wohnzimmer. Wenn der Kerl mich nur in Ruhe lassen würde! Ein weiterer Schweißtropfen rann mir unter dem verklebten Shirt nach unten. Das reichte!

Ich stürmte aus der Küche, den Blick stur geradeaus, weg vom Sofa, und verbarrikadierte mich im Bad.

Kapitel 14

Leider blieb Matthew bis spät abends. Zum Glück war mein Bademantel lang und hing mir bis fast über die Knöchel. Gut eingepackt schaffte ich es dann in mein Zimmer. Gott sei Dank ohne Zwischenfälle. Sicherheitshalber schloss ich ab, bevor ich den Bademantel gegen meinen flauschigen Pyjama tauschte. Ich konnte einfach nicht davon lassen, auch wenn bei diesen Temperaturen etwas möglichst leichtes, luftiges besser gewesen wäre.

Mir jagte jedes Mal ein Schauer über den Rücken, wenn Matthews Stimme dumpf durch die Tür drang. Viel zu reden schienen sie aber nicht zu haben. Zum Glück – oder? Ich erstarrte. Er würde doch wohl nicht über Nacht bleiben?!

Ich kontrollierte die Tür. Abgeschlossen. Der Schlüssel steckte. Gut. So würde es in dieser Nacht auch bleiben. Ich legte mich ins Bett, machte die Nachttischlampe an und nahm mein Buch zur Hand.

Irgendwann bemerkte ich, dass ich dieselbe Seite mindestens fünf Mal gelesen hatte und immer noch nicht wusste, was darauf stand. Mit einem frustrierten Seufzen legte ich das Buch zur Seite. Ich legte mich auf den Rücken, die Decke bis über die Brust gezogen. Die Arme über den Oberbauch gelegt. Mit Licht konnte ich unmöglich schlafen. Ich überwand mich, es auszuschalten. Schlafen konnte ich aber immer noch nicht. Wenigstens hörte ich keine Geräusche mehr.

Die nächsten zwei Wochen waren schon gespenstisch ruhig. Keine Nachrichten, keine Anrufe, keine Besuche bei der Arbeit und vor allem: KEINE BESUCHE ZU HAUSE! Ich konnte es kaum fassen. Sollte er mich doch endlich abgeschrieben haben?

Auf diesen Samstag freute ich mich besonders. Michael hatte mich eingeladen. Ich wusste nur nicht, wozu. Ich sollte nur Outdoor- Klamotten mitnehmen und welche zum Wechseln. Und sehr viel Zeit. Aufgeregt spürte ich mein Herz schlagen, während ich meinen Rucksack packte. Meine Wangen waren auch schon wieder ganz warm. Etwas Proviant packte ich noch dazu. Man wusste ja nie. Außerdem hatte ich ein paar Leckerbissen gemacht.

Eliza saß entspannt vor dem Fernseher, als ich mein Zimmer verließ. Sie hatte wieder eine ihrer Serien laufen. Ich setzte mich noch kurz dazu.

„Ich gehe jetzt gleich", sagte ich. Eliza nickte nur. Hochkonzentriert starrte sie weiter auf den Bildschirm. „Ich weiß nicht, wie lange ich weg sein werde", fuhr ich fort. Im Kasten rannte gerade eine junge Frau wütend und heulend vom einen Rand zum anderen, weil sich ihr Freund gerade von ihr getrennt hatte.

„Hast du für morgen irgendwelche Pläne?" Eliza zuckte mit den Schultern. „Nicht wirklich", antwortete sie dieses Mal. „Nichts anderes als sonst."

„Dann sehen wir uns also auf jeden Fall zum Schwimmen."

Sie nickte wieder. Ich lächelte und sagte nichts mehr. Nur wenig später klingelte es.

Mein Herz begann wieder, schneller zu schlagen. Ich schnappte mir den Rucksack. „Tschüss!", rief ich und stürzte zur Tür.

Michael stand mit glitzernden Augen, in einer hellbraunen Arbeitshose und hellem Shirt, das seine Oberarmmuskeln betonte, davor. „Fertig?", fragte er. „Klar!", antwortete ich prompt und marschierte direkt zur Treppe.

Draußen wartete ein weißer Geländewagen. Trotz aller Versuche weigerte sich Michael vehement, mir das Ziel unserer Reise zu verraten. Irgendwann gab ich es auf und beobachtete die Landschaft hinter der Scheibe.

Michael folgte der Küste auf unebenen Wegen in Richtung Süden. Aus den schroffen Felsen wurde allmählich feiner Sand. Eine Gruppe Kängurus sprang mit ihren langen, kräftigen Beinen ein Stück neben uns her. Fasziniert sah ich ihnen dabei zu.

Die Fahrt dauerte etwa dreißig Minuten. Michael stellte den Wagen anschließend neben dem Weg ab. Ich folgte ihm über Dünen und zwischen kargen Sträuchern und Büschen hindurch zum Strand. Etwa zehn Meter vom Rand des Wassers entfernt blieb er stehen. Im Licht der Nachmittagssonne leuchtete das Meer in klarem Türkis. In sanften Wellen schwappte es an Land und zog sich wieder zurück.

„Darf ich jetzt wissen, was wir hier machen?", fragte ich.

„Darfst du", antwortete Michael. Er deutet auf eine Stelle vor uns, ein Stück näher am Meer. Ich sah ihn an. Michael lächelte und nickte mir zustimmend zu. Vorsichtig ging ich näher an die Stelle heran. Dieses Mal blieb Michael dicht hinter mir.

Es handelte sich um eine kleine Kuhle im Sand. Kleine, unförmige Erhebungen waren in der Mitte zu erkennen. Hier und da blitzte eine weiße Stelle daraus hervor.

Ich ging in die Hocke, um mir das genauer anzusehen. Michael tat es mir gleich. „Was ist das?", fragte ich.

„Schildkröteneier", erklärte er. „Allerdings kann das auch noch etwas dauern. So genau kann man das nie sagen. Deswegen sollten wir es uns gemütlich machen. Es sei denn, du hast keine Lust, zu warten." Er sah mich an.

Ich strahlte zurück. „Natürlich habe ich das. Gut, dass ich uns die Snacks mitgebracht habe." Ich lief zurück zum Wagen.

„Dann sind wir ja gut versorgt", lachte Michael, als er den Kofferraum öffnete. Zum Vorschein kam eine komplette Campingausrüstung, inklusive Kühlbox mit Getränken und Vorräten.

Nach etwa zwanzig Minuten war das kleine Zelt aufgestellt. Ich tat mich schwer, das Zelt in dem sandigen Boden zu befestigen, aber Michael tat das wohl öfter. Er hatte auch zwei Strandliegestühle dabei, die wir davor aufstellten. Etwa drei Meter von dem Nest entfernt, mit Blick aufs Meer.

„Machst du das öfter?", fragte ich, nachdem wir es uns darin gemütlich gemacht hatten. Michael nickte. „Ja, jedes Jahr. Oft warte ich tagelang, um das Schlüpfen dann doch noch zu verpassen, weil ich zur Arbeit muss." Er zog eine Grimasse. „Damit mache ich dir wohl gerade Mut, was?" Ich lachte. „Das ist schon in Ordnung. Vielleicht haben wir ja Glück."

„Ein Stück weiter ist noch ein Nest. Die Eier sind noch nicht ganz so weit. Wir hätten also da noch eine Chance."

„Hast du das denn schon einmal gesehen?", fragte ich weiter.

„Ja", bestätigte er. „Bei zumindest einem der Nester habe ich es bisher jedes Jahr doch noch geschafft."

„Das macht doch immerhin noch etwas Mut", lachte ich.

Nach einer kurzen Pause fragte ich: „Das wievielte ist das denn?"

„Das dritte."

„Das steigert meine Chancen also noch um ein gutes Stück."

Ich lehnte mich im Liegestuhl zurück und schaute hinaus aufs Meer. In dem Nest rührte sich noch nichts. Das wogte das Wasser weiter sachte vor sich hin. Die Grenze zum Land bildete ein Muster aus weißer Gischt, wenn das Wasser auf den Sand traf. Darüber flimmerte die Luft. Vereinzelte Schäfchenwolken zogen träge darüber hinweg.

Tiere waren keine zu sehen. In dem Nest rührte sich immer noch nichts. Langsam wurde ich müde. Ich konnte mich gar nicht mehr daran erinnern, wann ich das letzte Mal so lange still gesessen hatte, ohne ein Buch auf dem Schoß zu haben.

Das Meer rauschte sachte in meinen Ohren. Der laue Wind und der Schatten des Zelts machten sogar die Hitze angenehmer.

Als ich die Augen wieder auf schlug, schwebte plötzlich ein leuchtend roter Ball über dem Wasser. Erschrocken setzte ich mich auf und sah mich um. Ich saß immer noch in dem Liegestuhl, über mir das Zeltdach, vor mir das Nest, neben mir…. Michael in einem anderen Liegestuhl, mit seinem Buch in der Hand, der mich jetzt von der Seite anlächelte.

„Ausgeschlafen?", fragte er. Ich wurde puterrot. „Wieso hast du mich nicht geweckt?!"

„Du hast so schön geschlafen. Außerdem hast du nichts verpasst." Das Nest lag noch genau so da wie vorher.

„Aber ich bin doch nicht hier, damit ich schlafe!", protestierte ich.

Er lachte. „Keine Sorge. Ich habe doch schon gesagt, dass es länger dauern kann."

Und leider zu spät, sonst hätte ich auch ein Buch dabei, dachte ich

„Wir haben sogar bessere Chancen zu zweit, wenn du magst", fuhr er fort.

Ich sah ihn stirnrunzelnd an. „Wie meinst du das?"

„Naja,…", begann er. „Wenn wir zu zweit sind, kann einer Wache halten, während der andere schläft, falls die Kleinen nachts schlüpfen. Also,… natürlich nur, wenn es dir nichts ausmacht."

Ich überlegte kurz. „Eigentlich keine schlechte Idee. Hast du noch ein Buch?"

Er lachte. „Zufällig, ja. Ich übernehme dann die erste Schicht."

„Nein", unterbrach ich ihn „Ich habe schon genug geschlafen. Ich fange an."

Michael sah mich verdutzt an, stimmte dann aber zu.

Nach dem Abendessen, bestehend aus Michaels Vorräten und meiner Lunchbox machte ich es mir also mit seinem Buch wieder auf dem Stuhl gemütlich, während sich Michael in den Schlafsack im Zelt kuschelte. Er hatte darauf bestanden, mir eine Decke da zu lassen. Die lag jetzt neben mir im Sand. Die Sonne war mittlerweile schon fast ganz verschwunden und es lag nur noch ein grauer Schimmer über dem Meer, aber es war immer noch angenehm warm.

Ich warf einen Kontrollblick zum Nest, nahm das Buch zur Hand und ging wie üblich vor: Das Cover, den Klappentext, Kapitelübersicht, dann ging es von vorne los. Es handelte sich wieder um einen Thriller. Michael schien das Kombinieren zu mögen.

Er hatte ein kleines Lagerfeuer gemacht, in dessen Schein ich nun Seite um Seite in mich verschlang. Der Koch. Wenn es keinen Gärtner gab, war es immer der Koch, Oder?

Es war nicht der Koch. Ich klappte das Buch zu und legte es zur Seite. Danach musste ich mir erst einmal kräftig die Augen reiben. In dem flackernden Licht strengte das Lesen doch sehr an. Mich fröstelte. Ich sah an mir hinunter. Es war tatsächlich richtig frisch geworden. Schnell schnappte ich nach der Decke und wickelte mich ein.

Es musste schon nach Mitternacht sein. In dem Nest hatte sich immer noch nichts getan. Mein Blick schweifte nach oben. Staunend riss ich die Augen auf. Über mir war ein Meer funkelnder Kristalle. So klar und hell hatte ich die Sterne noch nie gesehen. Ich lehnte mich mit dem Stuhl noch mehr zurück, um in dem faszinierenden Schauspiel zu versinken.

„Solltest du mich nicht wecken?" Erschrocken fuhr ich zusammen. Beinahe wäre ich vom Stuhl gefallen. Ich hatte keine Ahnung, wie viel Zeit vergangen war. Mit wild klopfendem Herzen sah ich zur Quelle der Stimme hinüber. Es war Michael. Er sah mich besorgt an.

„Alles in Ordnung?", fragte er. Ich nickte. „Ja, ich bin gerade nur so erschrocken."

„Solltest du mich nicht wecken?", fragte er noch einmal.

„Eigentlich schon", antwortete ich. „Aber es ist gerade so schön."

Er lächelte. „Du hast das Feuer ausgehen lassen", bemerkte er.

Ich sah hinunter. Das Lagerfeuer war nur noch ein leichtes Glimmen.

„Ohje, tut mir Leid."

Michael lachte wieder. „Das macht nichts." Mit einer zweiten Decke setzte er sich in den Stuhl neben mir.

„Wie bist du eigentlich hierher gekommen?", fragte ich.

„Hm?"

„Ich meine, sollte ein Architekt nicht in den Großstädten der Welt leben?"

Nachdenklich wandte Michael sich den Sternen zu. „Ich liebe die Landschaft hier. Die Natur, die einzigartige Tierwelt. Geschäftlich gibt es hier genug zu tun. In Zeiten, in denen ich von Ort zu Ort reise, lerne ich noch mehr davon kennen. Das gefällt mir. Mehr brauche ich nicht."

Jetzt sah ich ihn fasziniert an.

„Und du?", wollte er wissen.

„Ich was?"

Michael schaute zu mir hinüber. „Wie kommst du hierher?"

Ich lachte auf. „Das Mermaiding. Ich habe zufällig mal ein Plakat entdeckt und dann damit angefangen. Danach meine Schwester. Wir waren später auch auf Tauchreisen. Als wir von dem Riff hier hörten, wollten wir unbedingt nach Australien. Jetzt sind wir hier."

„Gefällt es dir?", fragte er.

Ich überlegte kurz. Sah von ihm zu den Sternen und wieder zurück. „Ja."

Irgendwann wurde es Tag. Die Schildkröten waren nicht geschlüpft. Aber das machte nichts.

Kapitel 15

Regen. Eigentlich kann Regen ja auch was schönes sein. Ein kühler Sommerregen, der auf die heiße Haut fällt, zum Beispiel. Oder Regen im Frühling, der die Luft sauber wäscht und alles so schön duften lässt. Oder das Spielen in den Pfützen.

Aber drei Wochen waren definitiv zu viel. Wochenlang nur trübe, dunkle Wolken, alles düster und nass, nass, nass. Und das in den Sommerferien! Aber die waren jetzt auch schon fast vorbei.

Was sollte man da anderes machen, als zu lesen? Aber selbst das gestaltete sich als schwierig. Sarah hatte nämlich schon wieder keinen Lesestoff mehr. Jetzt trug sie gerade die nächste Ladung an neuen Büchern nach Hause, einen möglichst großen Regenschirm über sich und ihre empfindliche Ware ausgebreitet. Leider half das bei dem aufkommenden Wind auch wieder nicht viel. Schon klatschten ihr die ersten Tropfen ins Gesicht. Ihr Rucksack war auch nur bedingt wasserdicht. Verdammt. Eilig beschleunigte das Mädchen ihre Schritte.

Als es plötzlich richtig stürmisch wurde, rannte sie unter das nächste Vordach, das sie finden konnte. Dort drängte sie sich an die hinterste Wand und wartete. Mist. Hier war es zwar trocken, aber Sarah wagte es nicht, auch nur eines der Bücher aus der schützenden Verpackung zu nehmen. Sie sah sich um.

Sie stand nicht an einer Wand, sondern an einer breiten Glastür. Neben ihr war eine Vitrine mit verschiedenen Aushängen. An der Tür klebten die Öffnungszeiten. Sie stand an der Eingangstür des alten Schwimmbades.

Dass es das überhaupt noch gab und tatsächlich noch betrieben wurde. Seitdem es das neue mit seinen zwei riesigen Becken, dem Außenbereich, Spa, Rutschen und Kinderbecken gab, kam doch hierher bestimmt keiner mehr. Oder?

Sarah sah sich die Vitrine genauer an. Die meisten Anzeigen waren von einer Tauchschule. Die boten hier regelmäßig Kurse an. Sarahs Blick schweifte weiter und blieb an einem Bild hängen. Eine Meerjungfrau? Was sollte das denn? Das sah sogar noch aus wie ein echtes Foto.

„Mermaiding- Schnupperkurs" stand daneben. Der war schon in zwei Tagen. Konnten man da wirklich so schwimmen? Sarah drehte sich um. Es stürmte immer noch. Laut Kleber war das Bad geöffnet. Zwei Tage. Vielleicht war ja noch ein Platz frei.

Und wieder knallte eine Tür zu, sodass das Geschirr in den Schränken nur so klapperte. „Eliza! Hör jetzt endlich auf damit!", sagte ihre Mutter noch einmal donnernd. „Das Schwimmen ist in zwei Wochen!", schmetterte Eliza mit schriller Stimme zurück.
„Das wissen wir, Liebling, aber daran lässt sich leider nichts ändern", mischte sich der Vater kleinlaut ein. Dafür erntete er einen vernichtenden Blick.
Sarah begnügte sich damit, die Schultern hoch zu ziehen und sich unauffällig Spaghetti auf den Teller zu schaufeln.
„Ist doch egal, ob diese dumme Wärmepumpe kaputt ist. Deswegen können sie doch nicht das ganze Schwimmbad schließen!", donnerte Eliza weiter.
„Das müssen sie sogar", bemerkte Anna unbeeindruckt. „Jetzt iss endlich."
Das Mädchen dachte gar nicht daran: „Aber ich muss unbedingt trainieren! Ich will Laura dieses Mal endlich schlagen!"
„Du hast die letzten zwei Monate täglich trainiert, und Laura kann gerade genauso wenig ins Schwimmbad wie du."
„Aber…"
„Schluss jetzt!" Anna schlug mit der flachen Hand so heftig auf den Tisch, dass die Gabeln in die Luft sprangen und laut klappernd wieder darauf landeten.

Zwei Tage später schulterte Sarah ihre Sporttasche. Seit einem Vierteljahr ging sie nun samstags regelmäßig ins Training. Das Schnupperschwimmen mit der Meerjungfrauenflosse hatte ihr so gut gefallen, dass sie damit weiter gemacht hatte.
Ihre Familie wusste nichts davon. Jedenfalls nichts genaues. Ihre Eltern waren wohl froh, dass sie sich auch einmal bewegte. Eliza war voll und ganz mit ihrem Leistungssport beschäftigt. Laufen, Radfahren, Basketball. Jetzt noch das Schwimmen. Sarah wollte auch gar nicht, dass ihre Schwester davon wusste. Endlich ein Sport, bei dem sie sich nicht unterlegen fühlen musste.

Draußen herrschte trübes Novemberwetter. Immerhin war es an diesem Morgen trocken. Hier und da stahl sich sogar ein heller Sonnenstrahl durch die graue Wolkendecke.

Das neue Schwimmbad, in dem Eliza trainierte, war wegen Reparaturarbeiten seit einer Woche geschlossen, aber das alte wurde ganz normal weiter betrieben. Deswegen hatte sich Sarah auch keine Mühe gemacht, wegen dem Training anzurufen.

Schon in der Umkleide war mehr los als sonst. Sarahs Schrank, den sie normalerweise immer benutzte, war schon belegt. Also musste sie sich zähneknirschend einen anderen suchen. Wenigstens musste sie sich beim Schwimmen keine Gedanken machen. Zwei der fünf Bahnen wurden immer für den Kurs reserviert. Dachte sie jedenfalls.

Als sie nach dem Duschen die Halle betrat, musste sie schon von weitem feststellen, dass die beiden Bahnen jetzt auch in der Mitte getrennt waren.

Neben ihrer Gruppe hatte sich ein Stück weiter noch eine andere versammelt. Auf der Bahn, die zur Mitte hin ging, kraulte bereits jemand in einem Affenzahn vorwärts.

„Guten Morgen", sagte Kai, der Tauchlehrer, nachdem alle aus dem Mermaiding- Kurs anwesend waren. „Heute haben wie leider etwas weniger Platz als sonst. Weil das große Schwimmbad geschlossen ist, trainieren auf der zweiten Bahn nämlich die Sportler. Aber das soll uns den Spaß auch nicht verderben, also legen wir los!"

Sarah schielte verstohlen zu der anderen Gruppe hinüber. Ihr schwante bereits schlimmes.

Wie gewohnt stellten sie sich zuerst in einem lockeren Kreis auf, um sich vor dem Schwimmen aufzuwärmen und zu dehnen. Da Sarah keine eigene Flosse hatte, ging sie danach zu der Kiste neben der Bank, um sich eine der Leihflossen zu nehmen.

Noch während sie sich eine passende aussuchte, wurde sie von einer vertrauten Stimme angesprochen. Sie drehte sich um.

„Hallo", sagte Eliza. „Was machst du denn hier?" Sie trug ihren eng anliegenden Sportbadeanzug und die Badekappe.

„Schwimmen", antwortete Sarah einsilbig.

„Ist es das, was du samstags immer machst?", fragte die jüngere Schwester weiter. Sarah nickte. „Schön", meinte Eliza. „Dann viel Spaß." Damit drehte sie sich um, zog sich ihre Schwimmbrille vor die Augen und stellte sich vor dem Startblock auf.

Bei den Meerjungfrauen standen Luft anhalten und Parcoursschwimmen auf dem Programm. Dafür waren Ringe und Bänder aufgebaut. Unter Wasser natürlich. Die Hindernisse waren teils sehr eng aneinander und Sarah drehte sich mit Feuereifer auch mal gerne durch die Ringe, um besser an das nächste Hindernis heranzukommen. Und weil es verdammt viel Spaß machte.

Der begrenzte Raum und Eliza waren damit schnell vergessen – bis sie nach zwei Stunden aus dem Wasser stieg.

„Seid ihr fertig?" Eliza stand plötzlich neben ihr am Beckenrand. „Ja", antwortete Sarah, inzwischen gut gelaunt.

„Das sah sehr interessant aus. Bestimmt kann ich das auch mal machen", meinte Eliza weiter.

Das war es dann. Sarahs Laune sank sofort tief in den Keller. Draußen regnete es schon wieder.

Kapitel 16

Australien, 2016

Touristen. Einerseits wirken sie belebend. Andererseits gehen sie mir gehörig auf die Nerven.

Das ewige Gebabbel, Gequietsche, Gerufe und Geglotze. Ständig versperren sie einem den Weg, fragen blöd und haben von nichts eine Ahnung von. Dann kennen sie die Sprache nicht, haben keinen blassen Schimmer, wo sie sind und rennen planlos ihrem Reisebegleiter nach. Und vor allem: die Kameras. Oder heutzutage: die Smartphones.

Manchmal gehörte ich leider auch dazu. Zum Glück nicht dauerhaft, wie der durchschnittliche Tourenbucher. Aber wenn ich geführte Sehenswürdigkeiten besuchte, um auch ein paar Informationen zu bekommen, schon.

Wir waren mit einer Gruppe zur Spitze der Halbinsel im Norden gefahren. Es gab dort einen Leuchtturm, das Vlamingh House. Normalerweise durfte man ihn nicht betreten. Wir hatten eine Sondergenehmigung bekommen. Mit Führung, natürlich. Eliza mochte sowas eigentlich überhaupt nicht. Aber die Sonnenuntergänge dort sind berühmt. Also war sie mitgekommen. Von Exmouth aus hatten wir es auch nicht besonders weit.

So stand ich jetzt mit kurzen Jeans, Top, Sonnenhut und Smartphone bewaffnet in einer Gruppe Touris. Die meisten hatten einen so starken Akzent, dass ich kaum ein Wort verstand. Wenigstens der Reiseführer sprach deutlich - großteils jedenfalls.

Der Leuchtturm an sich war eher unscheinbar. Er stand, wie es sich für Leuchttürme gehört, auf einer Klippe über dem zerklüfteten Riff. Er war nicht klischeehaft in Rot und Weiß gestrichen, sondern fügte sich mit seinem sanften beige gut in die Landschaft ein. Sollten die Dinger nicht auffällig sein?

Er war auch nicht besonders hoch und wirkte wirklich nicht imposant. Dafür aber die Treppen. Es handelte sich dabei um ein klappriges Stahlgestell, das sich an der Wand entlang nach oben wand. Ich war schon froh, als ich mich, fest ans Geländer geklammert, hinaufgekämpft hatte. Endlich waren wir auf dem Plateau im oberen Drittel angekommen. Direkt unter der Kuppel. Bis auf die zweite Treppe (die eigentlich eine Leiter war), die steil durch eine Art Luke hindurch, das letzte Stück nach oben führte. Ich schaffte es irgendwie unfallfrei hinauf. Über das Hinunterkommen wollte ich mir noch keine Gedanken machen Das würde noch früh genug kommen.

Der Reisebegleiter erzählte natürlich alles Mögliche an Daten und Fakten über die Erbauung, die Höhe und so weiter. Interessanter war da schon die Technik hinter dem Licht- und Linsensystem. Wirklich aufregend aber waren immer die Anekdoten. Diesmal aus dem Leben des ehemaligen Leuchtturmwärter, die gleich neben dem Turm in der kleinen Hütte gelebt hatten. Es war ein einsames Leben gewesen, hier draußen in der Wildnis, vor allem, als die Fortbewegungsmittel noch anders gewesen waren und ohne die Touristen.

Die Aussicht war auf jeden Fall fantastisch. Das azurblaue Meer breitete sich endlos aus und die Klippen und das zu erahnende Korallenriff darunter bildeten einen atemberaubenden Kontrast. Wir hatten sogar das Glück, vorbeiziehende Wale beobachten zu können.

Leider durften wir nicht lange oben bleiben. Immerhin definitiv länger als der Normalbesucher. Den Sonnenuntergang aber würden wir uns auch vom Boden aus ansehen müssen.

Bis auf das Umknicken mit dem Fuß am unteren Ende der Leiter kam ich ohne Zwischenfälle nach unten. Humpelnd manövrierte ich mich anschließend nach draußen.

Während Eliza es sich nicht nehmen ließ, zum Wasser hinunter zu klettern, machte ich wie ein braver Touri von einer Sitzbank aus weiter Fotos.

Ich ließ meinen Blick schweifen und drehte mich auf der Bank in alle Richtungen, auf der Suche nach schönen Motiven. Da fiel er mir auf. Ein schlanker, eher schlaksiger junger Mann. Das wirklich auffällige aber war seine Kamera. Kein Smartphone, auch keine handelsübliche Digicam, sondern eine große Objektivkamera wie man sie bei Fotografen sieht. Aus seiner Tasche holte er dann tatsächlich noch ein Stativ. Da hätte ich zu gerne einen Blick darauf geworfen. Einfach hinlaufen wollte ich dann aber doch nicht.

Ich sah ihm dabei zu, wie er die diversen Beinchen des Stativs auseinander klappte, irgendwelche Halterungen zusammenschraubte und oben irgendeine Plattform anbrachte. Vermutlich für die Kamera. Aber vorher suchte er dafür noch einen festen Standplatz. Er fand ihn ein paar hundert Meter entfernt vom Leuchtturm, mit Blick aufs Meer. Dann setzte er die Kamera oben drauf. Wie viel das Teil wohl wog?

Jedenfalls brachte er es hin, dass die Konstruktion irgendwann sicher stand – nachdem er die Beinchen noch ein paar Mal umpositioniert hatte. Anschließend setzte er sich daneben, mit einem Knopf in der Hand, der über ein Kabel mit der Kamera verbunden war, und wartete. Das tat ich dann auch. Ich sah zurück zum Meer, wo sich die Sonne langsam zum Wasser neigte. Noch war der Himmel veilchenblau, das sollte sich aber bald ändern.

Irgendwann kam Eliza, barfuß, mit nassen Beinen, roten Wangen und breitem Lächeln im Gesicht zu mir gelaufen. Sie setzte sich neben mich und gemeinsam aßen wir unser mitgebrachtes Picknick, während wir die Wellen beobachteten und dem Rauschen des Meeres lauschten.

Der Himmel verfärbte sich von veilchenblau zu gold, orange, rosa und feuerrot. Die einmalige Kulisse mit den Felsen und Klippen machte das Schauspiel noch atemberaubender. Uns ist also nicht zu viel versprochen worden

Nur ein paar Tage später sollte ich eine neue Entdeckung machen. Oder entdeckt werden. Das kommt wohl auf die Sichtweise an.

Wir waren in der Nähe des Leuchtturmes tauchen. Eliza hatte sich das unbedingt in den Kopf gesetzt, auch wenn ich mir wegen der Strömung nicht sicher gewesen war.

Wir fanden einen Platz, an dem auch ich sicher ins Wasser kam und ließen uns in die sanften Wellen gleiten. Wenigstens war es an diesem Tag fast windstill und das Meer breitete sich wie ein ruhiger Teppich vor uns aus.

Ich folgte Eliza unter Wasser. Vorsichtig, weil ich nicht wusste, wo hier überall Felsen lagen. Meine Schwester schwamm sofort in tieferes Wasser. Ich behielt sie im Blick, blieb aber selber in der Nähe der Felsen, um diese notfalls als Anker nutzen zu können. Die Strömung war hier schon stärker als bei uns weiter im Süden. Zumal die Spitze der Halbinsel auch weiter draußen lag.

Sogar zwischen den Felsen hatten sich die bunten Korallen eingenistet. In jeder Ritze gab es etwas zu entdecken.

Irgendwann nahm ich ein seltsames Licht wahr, das immer wieder kurz verschwand und gleich darauf wieder auftauchte. Neugierig schwamm ich vorsichtig in die Richtung, in der ich die Quelle vermutete. Ich umrundete einen der größeren Felsen – und stieß fast mit ihm zusammen. Ein Taucher. Er schien genau so erschrocken zu sein wie ich. Wir starrten uns an. Er trug einen klassischen schwarzen Anzug und hatte eine Flasche auf dem Rücken. In der Hand hielt er eine Kamera. Wasserdicht eingepackt in eine Art durchsichtige Wasserhülse. Von ihr kam das Licht.

Er machte mit dem anderen Zeigefinger eine Bewegung nach oben. Ich nickte, und folgte ihm an die Oberfläche. Wir streckten beide den Kopf aus dem Wasser. Ich holte tief Luft, er nahm das Mundstück heraus und schob die Taucherbrille nach oben. Ich staunte nicht schlecht. Es war der Fotograf vom Leuchtturm.

Er hatte ein schmales Gesicht, helle Haut und feuerrote Haare. „Hallo", sagte er mit einem schiefen Lächeln. Auch er schien erst wieder zu Atem kommen zu müssen. Ich nickte nur etwas unbeholfen.

„Darf ich dich fotografieren?", fragte er schlichtweg, ohne große Einführung.

„Hä?", entfuhr es mir prompt. Ich starrte ihn an.

„Also, ich meine…"Er kratzte sich verlegen am Kopf. „Vielleicht sollte ich mich erstmal vorstellen." Ich nickte zustimmend.

„Mein Name ist Alec O´Sullivan. Ich bin Fotograf und mache hier einige Aufnahmen für eine neue Ausstellung. Bilder von einer Meerjungfrau würden sich da bestimmt gut machen."

Bilder? Von mir? In einer Ausstellung?

„A…. Also, ich weiß nicht…", stammelte ich.

Aber Alec ließ nicht locker: „Natürlich werden sie nur mit deiner Zustimmung ausgestellt und du darfst sie vorher ansehen."

„Ich weiß wirklich nicht, ob ich die richtige dafür bin…"

In diesem Moment tauchte Eliza hinter mir auf. Sie sah mich besorgt an, dann bemerkte sie Alec. Sie schaffte es tatsächlich eine Augenbraue hoch zu ziehen und die andere zu runzeln.

„Was ist denn los?", fragte sie. Wir erklärten ihr den Sachverhalt. Eliza demonstrierte ihre Flosse. Sie schillerte heute in einem kräftigen Violett. „Mich dürfen Sie gerne fotografieren, wenn Sie möchten."

Na, also. Problem gelöst, dachte ich. Oder auch nicht. Alec sah zwischen uns beiden hin und her.

„Eigentlich wäre mir Ihre Schwester lieber", meinte er. Er runzelte die Stirn. „Leider kann ich hier schlecht eine Karte von mir mitgeben…

Ihr kommt auch aus Exmouth?", fragte er, an mich gewandt. Mit großen Augen nickte ich reflexartig. Eliza war das Kinn heruntergefallen. Alec lächelte. „Sehr schön. Morgen Abend bin ich im Chanson. Ich würde mich freuen, dich zu sehen."

Er gab mir noch kurz die Hand, packte sich wieder tauchfertig ein und verschwand mit seiner Kamera wieder unter Wasser.

Kapitel 17

Ich stand vor dem Spiegel in meinem Zimmer – und mal wieder vor der Frage, was ich anziehen sollte. Es war Montagabend. Ich war nach der Arbeit nach Hause geflitzt, um mich schleunigst frisch zu machen. Mein Herz flatterte wie wild. Schon unter der Dusche hatte ich nicht stillhalten können. Mit fahrigen Bewegungen holte ich das eine Kleidungsstück aus dem Schrank und stopfte das andere wieder hinein. Ich konnte mich nicht daran erinnern, wann ich das letzte Mal so nervös gewesen war. Meine Güte, ich benahm mich wie ein verliebter Teenager!

Aber wann hatte mich schon einmal jemand Eliza vorgezogen? Sie war immer diejenige gewesen, die im Rampenlicht gestanden hatte. Schön, sportlich, ehrgeizig, mit einem Pokal nach dem anderen in der Hand. Als Hinterteil eines Kamels in einer Schulaufführung hatte ich davon noch nicht einmal träumen brauchen.

Und jetzt wollte tatsächlich jemand mich! Mich, obwohl er Eliza gesehen hatte. Keine Ahnung, wer der Kerl war und was das werden sollte, aber ich wollte es auf jeden Fall mal versuchen.

Schlussendlich entschied ich mich für ein knielanges, schwarzes Kleid mit dezentem Ausschnitt, aber rückenfrei. Hoffentlich war das nicht zu viel. Aber schließlich wollte er ja Bilder in Schwimmsachen machen…

Mit mulmigem Gefühl machte ich mich auf den Weg ins Chanson. Dabei kam das nicht unbedingt von dem bevorstehenden Treffen. Eher von der Erinnerung an meinen letzten Besuch dort. Ein Schauer lief mir über den Rücken.

Das Restaurant war nicht weniger glamourös als beim letzten Mal. Vorsichtig tapste ich auf meinen Stilettos zum Empfang. Dort nannte ich Alecs Namen und wurde sogleich wieder weiter geführt. Ich schluckte. Jetzt wurde ich doch wieder nervös.

Wieder wurde ich in Richtung des Klaviers geführt – ich hatte mir inzwischen sagen lassen, dass sich das große, schwarze wohl ‚Flügel‘ nennt. Kam wohl von der Form, die ein bisschen an den Flügel eines Vogels erinnern ließ. Diesmal ging es aber an einen gut beleuchteten Platz in der Mitte des Raumes.

Alec saß bereits am Tisch, zusammen mit…niemandem. Ich hatte gedacht, das wäre ein Geschäftsessen. Aber vielleicht würde ja noch jemand dazu kommen. Alec sah uns kommen, stand auf, nickte der Empfangsdame zu und gab mir die Hand.

„Guten Abend", begrüßte er mich mit einem strahlenden Lächeln. „Toll, dass du kommen konntest. Bitte, nimm doch Platz." Er half mir auf den Stuhl gegenüber von seinem und setzte sich dann selbst wieder. Ich streckte den Rücken, um möglichst gerade auf dem Stuhl zu sitzen. „Guten Abend", erwiderte ich dann so ruhig wie möglich. „Bin ich zu früh?"

Alec sah mich erstaunt an. „Wieso?"

„Ich bin doch sicherlich nicht die einzige, die zu solch einem vornehmen Essen eingeladen ist."

Alec räusperte sich und sah verlegen auf den Tisch. „Ich sollte das vielleicht erklären. Eigentlich ist das hier über meinem Budget, aber ich höre gerne live Musik und nehme das so oft in Anspruch, wie möglich."

Ich legte den Kopf schräg. Über dem Budget? Laut sagte ich: „Eigentlich dachte ich, als Fotograf würde man sogar sehr gut verdienen."

„Leider nicht grundsätzlich. Genau genommen ist das auch meine erste, eigenständige Arbeit nach dem Studium. Deswegen hoffe ich, ein gutes Programm für die Ausstellung auf die Beine stellen zu können."

„Und das mit Meerjungfrauenbildern?"

Alec lachte. So langsam schien auch er sich besser zu fühlen.

„Unter anderem. Ich habe den Vorteil, schon lange Hobbytaucher zu sein. So etwas muss man ausnutzen. Deswegen bin ich hier, am Riff. Um die Schönheit des Meeres einzufangen und auch, um auf ihre Vergänglichkeit hinzuweisen. Und wie ich dich dort schwimmen gesehen habe, musste ich einfach fragen, ob ich dich mit ablichten darf."

Ich konnte nicht anders, als fragen: „Und wieso ausgerechnet ich und nicht meine Schwester? Sie schwimmt viel besser als ich."

Alec nickte. „Stimmt, sie ist eine imposante Figur. Aber viel zu auffällig. Ich will nichts, was dem Riff die Show stiehlt, sondern sich sanft hinein fügt. So wie du."

Er hatte mich also ausgewählt, gerade will ich unscheinbarer war.

Kapitel 18

Achtzehn Grad waren schon ziemlich frisch. Vor allem, wenn man sich an eine Durschnittstemperatur von dreiunddreißig gewöhnt hatte. Ende März geht es zwar schon auf den australischen Herbst zu, dennoch war es in den letzten Tagen plötzlich sehr kalt geworden.

Matthew hatte sich krank gemeldet, also fiel das Training aus. Ein Krankenbesuch war leider nicht möglich, da sie nicht wusste, wo er wohnte. Gern hätte Eliza ihn gepflegt und wäre ihm dabei näher gekommen. Überhaupt verhielt er sich gerade so kühl. Dabei hatten sie erst einen so schönen Abend miteinander verbracht. Es war ein glücklicher Zufall gewesen, ihm auf dem Heimweg zu begegnen. Er war ihr ja fast schon in die Arme gelaufen, als sie aus dem Bus gestiegen war. Ihre Einladung hatte er auch gleich angenommen. Seither beschränkte er sich im Training nur noch auf ….. das Training.

Sarah war mit ihrem Fotografen unterwegs. Keine Ahnung, was sie an ihm fand, schlaksig mit Sommersprossen. Das sieht doch höchstens bei Kindern nett aus. Und was wollte er von ihr? In Ordnung, ihre Schwester kam auf einer Skala von eins bis zehn schon auf eine acht. Aber Eliza war viel schlanker und durchtrainierter, sie konnte besser schwimmen und führte die Rollen und Schrauben unter Wasser zigmal besser aus.

Hatte er sie etwa nicht richtig gesehen und sich deshalb für Sarah entschieden? Vielleicht hätte sie doch mitgehen sollen. Der Fotograf hätte ganz bestimmt schon bald nur noch Aufnahmen von Eliza gemacht.

Stattdessen stieg sie jetzt an ihrem üblichen Platz alleine aus dem Wagen. Sarah war mit diesem ..M…Mc…..M C Hammer…McDonalds…. weiter Richtung Norden gefahren. Vielleicht ja zu dem Leuchtturm. Und Eliza selbst hatte da keine Flosse dabei gehabt. Sie kochte vor Wut. Nachdem sie sich jetzt ihre Flosse geschnappt hatte, marschierte sie hinüber zum Felsen. Obwohl sie es besser wusste, schlüpfte sie direkt in die volle Montur und schwang sich in die Wellen.

Das kalte Wasser war wie ein Schock. Zwar speichert Wasser Wärme, aber im Vergleich zu sonst war es eisig.

Eliza spürte, wie sich ihre Muskeln anspannten. Sie schüttelte die Kälte ab, holte trotz des Ziehens im Bauch tief Luft und tauchte ab. Normalerweise schwamm sie immer direkt schnurstracks ins Riff hinein. Das seltsame Ziehen veranlasste sie aber dazu, dieses Mal in Küstennähe zu bleiben. Sie zog an schillernden Korallen, bunten Krebsen, Fischen und allerlei anderer Unterwasserschönheit vorbei, ohne sie wirklich wahrzunehmen. Sie achtete nur auf die Bewegungen ihres Körpers, wie er sich wellengleich durch das Wasser vorwärts schob, stets erpicht darauf, jede Bewegung präzise und effektiv auszuführen.

Als das Ziehen allmählich nachließ, drehte sie ab, um doch noch in tieferes Gewässer zu schwimmen. Sie kam allerdings nicht besonders weit. Plötzlich krampfte sich ihr Bein so fest zusammen, dass ihr die Luft weg blieb. Sie verlor die Orientierung und wusste einen Moment lang gar nicht mehr, wo sie überhaupt war. Dann stellte sie fest, dass sie dringend atmen musste.

Strampelnd versuchte Eliza, herauszufinden, wie sie an die Oberfläche kommen könnte. Das verkrampfte Bein konnte sie kaum noch bewegen, sodass sie eigentlich fast nur wild mit den Armen ruderte. Sie spürte, wie ihr auf einmal schummrig wurde. Das war es dann also. Keine Luft mehr, ein verkrampftes Bein und keine Ahnung, wie sie da heraus kommen sollte.

Alles, was ihr blieb, war, sich selbst zu verfluchen. Nur noch vage spürte sie, wie sich etwas um ihre Schulter schlang. Kurz darauf konnte sie plötzlich einatmen. Sie hustete und schnaufte und ihr Bauch zog sich schmerzhaft zusammen.

„Eliza?!", hörte sie es wie aus weiter Ferne rufen

Nur ganz langsam begann Eliza, wieder etwas anderes wahrzunehmen. Sie blickte auf einen Felsen. Sie hielt sich daran fest. Sie spürte eine Berührung auf dem Rücken, an den Schulterblättern. Ein Geräusch. Was…?

„Eliza?!"

Eliza blinzelte. Langsam hob sie den Kopf.

„Eliza, ist alles in Ordnung?", hörte sie die Stimme wieder. Eliza hob den Kopf noch etwas weiter an – und blickte in zwei blaue Augen. Ihr Herz machte einen Hüpfer, doch dann stellte sie fest, dass es andere waren. Es war nicht Matthew, sondern sein Zwillingsbruder, Michael.

Nachdem Eliza endlich zu Atem gekommen war, fischte Michael sie ganz aus dem Wasser. Recht unbeholfen, weil sie ja noch die Flosse an hatte und er bemüht war, nicht an die falschen Stellen zu kommen. Eliza lag flach mit dem Rücken auf dem Felsen, nicht sicher ob die Schmerzen im Bein schlimmer waren oder die im Bauch. Michael suchte sie vorsichtig nach Verletzungen oder bedenklichen Stellen ab. Schließlich gab es hier mehr als einen Weg, sich zu vergiften.

„Eliza, hörst du mich?", fragte er noch einmal. Eliza nickte. „Ja", krächzte sie. Ihr Hals fühlte sich an wie altes Pergament.

„Was ist denn passiert?"

„Krampf", krächzte sie weiter. Michael sah sie mit gerunzelter Stirn an. Eliza deutete auf ihr Bein. Behutsam half Michael ihr aus der Flosse heraus, dann dehnte und streckte er sanft ihr Bein.

„Wird es so besser?", fragte er dann. Eliza nickte noch einmal. „Wo ist denn Sarah?" Elizas Herz bekam einen Stich. Nicht schon wieder. „Seid ihr nicht immer zusammen unterwegs?" Eliza schüttelte den Kopf.

Michael war echt süß. Behutsam trug er sie zu seinem Wagen, machte einen Zwischenstopp bei ihrem Auto und brachte sie dann nach Hause. Das Auto würde sie später irgendwie holen müssen, aber das war jetzt auch egal. Vielleicht sollte sie sich mal bei ihrer Schwester revanchieren und es ihr genau so machen.

Als Michael sie zu Hause ablud, ließ sie ihren ganzen Charme spielen, zwinkerte mit den Augen und fiel ihm an den Hals, in eine eng umschlungene Umarmung.

Er hatte definitiv rote Wangen, als er ging.

Kapitel 19

Italien, 2006

„Sarah, hilfst du mir bitte mal mit den Stühlen?", ertönte Annas Stimme aus dem Wohnmobil. Sarah ließ davon ab, den Tisch weiter hin und her zu rücken, um ihn an die richtige Stelle zu manövrieren, und stieg zu ihrer Mutter ins Innere des Mobils. Diese holte gerade aus einem Seitenfach ein paar Klappstühle hervor. Sarah ließ sich zwei davon geben und wandte sich dann wieder um. Als sie das Mobil verließ, trat sie in den Schatten der Markise, die auf einer Seite aufgespannt war. Die gegenüberliegende Seite war auf zwei im Boden verankerten Zeltstangen befestigt. Dahinter leuchtete strahlender Sonnenschein. Rechts von ihr half Eliza gerade ihrem Vater und Lukas mit dem Grill – oder besser: sie sah den beiden dabei zu. Im Hintergrund glitzerte der See zwischen den Bäumen hervor.

Nachdem Tisch und Stühle endlich standen, ging es wieder hinein. Kartoffeln schälen, Salat waschen, Gurken hobeln und den Rest schneiden. Essig, Öl und Gewürze aus den Schubladen holen und noch eine leckere Salatsoße zubereiten. Sarah hörte Eliza draußen lachen. Sie hatte ihren Freund mit in den Urlaub nehmen dürfen. Natürlich musste sie sich um ihn kümmern.

Durch die Tür drang jetzt langsam der Geruch von Fett und bratendem Fleisch herein. Sarah spürte ihren Magen knurren. Im Mobil war es vergleichsweise kühl. Als Sarah mit dem Geschirr nach draußen trat, schlug ihr schon die Wärme entgegen. Wie es wohl ein Stück weiter in der Sonne war? Während Lukas ihrem Vater beim Grill half, hatte es sich Eliza im Bikini auf einem Handtuch in der Sonne bequem gemacht. Sie bekam ja auch nicht gleich einen Sonnenbrand.

Der Tisch wurde fertig gedeckt. Etwa eine halbe Stunde später hatte jeder neben saftigem Fleisch und Salat auch Grillkartoffeln und gegrilltes Gemüse auf dem Teller liegen.

„Was wollt ihr heute noch machen?", fragte Anna. Eliza schoss los: „Auf der anderen Seite des Sees gibt es ein Bananenboot und Wasserski, am Donnerstag soll es ein großes Lagerfeuer mit Live- Musik geben, im nächsten Dorf gibt es wohl ein tolles Café, da kommt man gut mit dem Fahrrad hin…" „Warte, warte". Anna lachte. Günther verschluckte sich und musste husten, Lukas hatte große Augen – und Sarah: Die machte sich schon nichts mehr daraus. So war ihre Schwester eben.

„Ich habe gefragt, was ihr HEUTE noch machen wollt", sagte Anna.

Günther schaltete sich ein: „Wie wäre es, wenn wir heute nur noch ein wenig im See schwimmen und uns dann überlegen, was wir die nächsten Tage machen wollen?"

Eliza sah erst etwas geknickt aus, blühte dann aber gleich wieder auf. „In Ordnung, dann sehen wir uns die Gegend hier an und machen den See unsicher. Einverstanden, Lukas?"

Der Junge nickte nur. Seine Augen waren halb von seinen blonden Wuschelhaaren verdeckt.

Sarah war das auch recht so. Dann konnte sie sich mit ihrem Buch ein schattiges Plätzchen suchen, etwas schwimmen und in den Pausen lesen. Ihre Flosse würde sie heute noch nicht auspacken.

So waren sie also tags darauf mit dem Fahrrad unterwegs. Auf direktem Weg waren es etwa vierzig Minuten bis ins nächste Dorf. Für die Touristentour brauchte man etwa zweieinhalb Stunden. In einem weiten Bogen drumherum und dann ins Ziel. Aber Lukas und Eliza wollten offensichtlich einen Rekord aufstellen. Schon vom Start weg rasten sie in einem mordsmäßigen Tempo los. Sarah strampelte mit ihren Eltern hinterher. Sie hätte viel lieber die Landschaft genossen. Aber trotz der ständigen Stopps, wenn ihre Eltern riefen, um aufholen zu können, vergrößerte sich Sarahs Abstand zur Gruppe gleich wieder. Und so musste sie selber pausenlos hinterher hecheln. Nur ab und zu konnte sie kurz einen Blick auf einen Hof oder die vorbeihuschenden Obstgärten erhaschen.

Schon nach einer Stunde musste sie stark kämpfen, nach neunzig Minuten war sie total am Ende und zwei Stunden konnte später konnte sie das Rad nur noch schlurfend zum Café schieben. Schwer ließ sich Sarah auf einen der Stühle im Außenbereich plumpsen, legte Arme und Kopf auf den Tisch und blieb schwitzend und schwer atmend dort liegen.

„Das nächste Mal nehmt ihr mehr Rücksicht auf die anderen!", hörte sie ihre Mutter wie durch Watte hindurch schimpfen.

„Aber was kann ich denn dafür, dass Sarah so unsportlich ist?", meckerte Eliza von der anderen Seite.

„Keine Widerrede", wurde sie von Anna gescholten. „Euer Vater und ich mussten auch schwer kämpfen. Wenn wir zusammen fahren, dann passt euch gefälligst den anderen an."

Sarah war gerade so ziemlich alles egal. Ob ihre Schwester sie böse von der Seite ansah oder nicht. Sie wollte nur noch liegen bleiben.

„Wieso denn nicht?!"

„Weil ich keine Lust habe, den ganzen Tag in irgendwelchen Klamottenläden zu verbringen."

„Aber ich brauche doch was zum Anziehen!"

„Und was bist du jetzt? Nackt? Du hast doch genug!"

„Aber ich will was chices für heute Abend!"

„Die Sachen sind doch vollkommen in Ordnung."

„Das sind normale Alltagsklamotten."

Lukas knurrte genervt, winkte ab und zog von dannen. Konnte er denn nicht verstehen, dass sich Eliza für die Party am Lagerfeuer besonders hübsch machen wollte?

Sie atmete tief ein. Mit geradem Rücken und geschwellter Brust stolzierte sie in das Wohnmobil, um ihre Sachen zu holen. Dann würde sie eben alleine in die Stadt fahren.

Als Eliza mit ihrer Tasche wieder nach draußen trat, strahlte ihr gleich wieder die Sonne entgegen. Es war so ein schöner Tag, aber Eliza hatte gar keinen Blick dafür.

Auf dem Weg zum Fahrrad wanderte ihr Blick dann doch noch einmal zum See hinüber – und sie erstarrte. Lukas saß am Ufer. Daneben saß Sarah auf einem Baumstumpf, mit einem Buch in den Händen. Sie unterhielten sich. Offensichtlich hatten die beiden eine Menge Spaß dabei. Hatte Lukas Eliza schon einmal so angelächelt?

Eliza spürte, wie ihr das Blut heiß in den Kopf schoss. Das war es also, dachte sie. Das war das letzte Mal, dass ich einen Freund mitgebracht habe!

Kapitel 20

Australien, 2016

Unterlagen. Nichts als Unterlagen. Schon die ganze Woche lang war ich nur mit Archivierung beschäftigt. Daten sichten, eingeben, unnötig gewordene löschen. Vor mir flimmerte der Bildschirm stumm vor sich hin. Klar, diese Tätigkeiten gehörten auch mit dazu und waren wichtig. Trotzdem hatte ich schon immer lieber draußen im „Feld" gearbeitet. Zwischen Büchern und Besuchern. Beraten, einsortieren, mir Gedanken über passende Neuanschaffungen machen…

Ich sah den Stapel an und seufzte. Irgendwie schien er gar nicht kleiner zu werden. Wenigstens hatte ich für ein wenig Ambiente auf dem Schreibtisch gesorgt: ein kleines Teelicht versprühte neben dem Bildschirm sein warmes Licht – natürlich stand es gut in einem hohen Glas verstaut. Schließlich ist Feuer der größte Feind jeder Bibliothek. Bisher hatte sich aber noch keiner über mein Lichtlein beschwert.

Nur am Rande bekam ich mit, wie die Bürotür geöffnet wurde, während ich mich dem nächsten Dokument widmete. Dem lauter werdenden Summen schenkte ich auch keine Beachtung – bis mein Stapel plötzlich wieder größer wurde. Ich sah auf: „Muss das sein?" Jane sah mich mit einem strahlenden Grinsen an und antwortete nur: „Post ist da." Dann ging sie weiter.

Insgeheim schickte ich ihr Flüche und böse Blicke hinterher. Ich nahm mir die Umschläge, die Jane gerade gebracht hatte, zur Hand. Immerhin waren es nur zwei schmale Sendungen. Darunter ein Brief, der direkt an mich adressiert war. Laut Absender war er aus Coral Bay. Was hatte das jetzt zu bedeuten?

Als Eliza und ich uns dazu entschlossen hatten, das mit Australien durch zu ziehen, hatte ich mich natürlich gleich bei mehreren Stellen beworben. In Coral Bay gab es ein gleichnamiges Hotel mit einer Bibliothek. Ich hatte von dort auch eine Zusage bekommen, aber der Ort bestand quasi nur aus dem Hotel, zwei Restaurants und ein paar Häusern. Dort und in den beiden Caravan- Parks gab es eigentlich nur Touristen. Die zog es dorthin, weil sie von Coral Bay aus direkt ans Ningaloo Reef kamen. Ehrlich gesagt war das einer der Gründe gewesen, weswegen ich auch gerne nach Coral Bay gezogen wäre. Nur: Wie hätte Eliza als Assistentin in Architekturbüros dort Arbeit finden sollen? Also war es eben doch Exmouth geworden.

Ich öffnete den Brief, überflog ihn, las ihn noch einmal, dann legte ich ihn mit einem mulmigen Gefühl im Bauch vor mich hin. Sie boten mir die Stelle noch einmal an. Ich könnte sogar im Hotel wohnen. Ich solle mich binnen vier Wochen entscheiden.
Aber dann müsste ich Eliza hier zurück lassen.

Als ich an diesem Tag nach Hause kam, erwartete mich die nächste Überraschung.
Es gab Tee und Gebäck. Michael war da. Er saß zusammen mit Eliza am Tisch. Ich versuchte mit aller Macht, es zu verhindern, dennoch verspürte ich einen Stich. Wie die beiden da beisammen saßen…
Ich blinzelte, schluckte, sah vom einen zum anderen und sagte so neutral wie möglich: „Hallo."
Bildete ich es mir nur ein, oder wirkte Michaels Lächeln etwas gequält? Er holte Luft, aber noch bevor er etwas sagen konnte, kam Eliza dazwischen. Sie sagte freudestrahlend: „Hallo, Schwesterchen!" Schwesterchen? Seit wann nannte sie mich ‚Schwesterchen'?
„Wie war es bei der Arbeit?", fragte Eliza. „Anstrengend", antwortete ich, immer noch um einen neutralen Ton bemüht. „Und bei dir?" Eliza winkte ab „Ach, das übliche." Sie sah hinüber zu Michael. „Aber dann kam hier ja netter Besuch." Wieder ein Stich.
Endlich kam Michael zu Wort: „Eigentlich wollte ich dir nur dein Buch zurückgeben." Täuschte ich mich oder wirkte sein Blick gehetzt? Das Buch lag neben ihm auf dem Tisch. Ich setzte ein Lächeln auf. „Danke."
Es gab noch Gebäck, also holte ich mir auch noch einen Tee und setzte mich dazu.
Die Sonne brannte auch am späten Nachmittag noch vom Himmel herab.
Ich schielte unter meinem Hut hervor. Es war ein leichter Sommerhut mit sehr breiter Krempe in cremeweiß. Ich trug ein dazu passendes, luftiges Frühlingskleid. Die Sachen hatte ich mir extra für den Anlass neu gekauft. Vor mir erstreckte sich eine weite, grün- braune Grasfläche, hinter mir Ränge mit weiteren Zuschauern. Ich kam mir vor wie eine dieser Engländerinnen im TV.
Ich warf einen Blick auf die Uhr. Bis zum Beginn des Spiels waren es noch etwa zwanzig Minuten. Ich stupste Eliza an. „Ich geh´ nochmal

eine Runde." Ich musste ihr halb ins Ohr schreien, damit sie mich bei dem Trubel verstehen konnte. Eliza nickte nur, dann ließ ich sie zusammen mit Matthew an der Bande stehen.

Langsam schob ich mich zwischen den Körpern aufgeregt tratschender Menschen hindurch. Viele von ihnen waren kaum sechzehn Jahre alt. Nachdem ich mich aus der Menge geschafft hatte, tat ich erst ein paar Atemzüge. Dann ging es zwischen geparkten Autos hindurch zu dem etwas abseits liegenden Areal weiter hinten. Stück für Stück schlängelte ich mich vorwärts. Es handelte sich um eine trockene Wiese, die jetzt voller Pferdehänger war.

Jedes Team hatte vier Spieler. Michael hatte mir erklärt, dass jedes Spiel aus vier sogenannten Chuckern bestand. Da die Pferde zwischen den einzelnen Chuckern gewechselt wurden, hatte jeder Spieler mindestens ein Ersatzpferd dabei. Das machte mindestens acht Pferde pro Team und es sollten drei Spiele stattfinden. Somit wimmelte es von Pferden und Hängergespannen. Dazwischen war eine Unmenge an Menschen, die diese betreuten.

Michael sollte im ersten Spiel antreten. Die zwei Pferdetransporter seines Teams standen dem Spielfeld und dem kleinen Feld zum Aufwärmen am nächsten.

Als ich dort ankam, ritt Michael gerade mit seinem hellbraunen Pferd von dem kleinen Feld herüber. Er stieg ab, um die gesamte Ausrüstung noch einmal zu kontrollieren.

„Alles in Ordnung?", fragte ich. Mit einem Ruck drehte er sich zu mir herum. Erschrocken machte ich einen Schritt zurück. „Entschuldige, ich wollte nicht stören."

Michael fing sich wieder und lächelte mich an. „Tut mir Leid. Ich bin gerade nur erschrocken, du störst nicht." Nach einer kurzen Pause fügte er hinzu: „Aber solltest du nicht schon bei den Zuschauern sein? Das Spiel fängt gleich an."

„Ich weiß, aber ich wollte nicht so lange eingepfercht dort stehen bleiben. Außerdem kann ich euch jetzt noch einmal viel Erfolg wünschen."

Sein Lächeln wurde wärmer. „Danke."

Ich wartete, bis er alles kontrolliert hatte und wieder aufstieg. Ich reichte ihm seinen langen Schläger und während er zum Feld ritt, schlängelte ich mich zurück in die Zuschauerränge.

Ein Chucker geht über sieben Minuten. Bis ich mich zurück an meinen Platz neben Eliza und Matthew gedrängt hatte, war das erste schon fast vorbei. Doch das machte nichts.

„Wie läuft es?", fragte ich die beiden. Eliza sah mich nur an. Ihr Blick huschte hin und her. Natürlich hatte sie nur Augen für Matthew übrig gehabt. „Sie spielen", sagte Matthew. Aha. Dann hatte er sich also auch nicht wirklich auf das Spiel konzentriert.

Ich sah auf die Anzeigetafel. Den Punkten nach zu schließen, waren die beiden Teams recht ausgeglichen.

Auf dem Feld rasten die Pferde gerade auf das gegnerische Tor zu. Plötzlich schlug Amanda mit ihrem Schimmel ein paar Haken um die anderen, erwischte den Ball und katapultierte ihn mit dem Schläger ins Tor. Ich klatschte mit den anderen laut Beifall. Mir war es schleierhaft, wie man den Ball in dem Chaos bei solchen Geschwindigkeiten überhaupt sehen, geschweige denn treffen konnte. Wenigstens die Tore, die mit zwei Pfosten markiert waren, schienen angemessen groß zu sein.

Kurz nach Amandas Treffer wurde abgepfiffen. Die Teams verließen das Feld, um die Pferde zu wechseln. Michaels Zweitpferd war schokobraun und etwas kleiner als sein eigenes.

Im Verlauf des Spiels war Michaels Team eine Weile im Rückstand, konnte dann aber nach und nach aufholen.

Einmal bekam einer der gegnerischen Spieler den Schläger auf das Knie. Aufgrund des dicken Schoners schien aber nichts passiert zu sein. Ein anderes Mal verfing sich Michaels Bein irgendwie anS einem anderen Reiter. Es riss ihn dabei halb aus dem Sattel und plötzlich hing er nur noch an seinem Pferd. Mir blieb fast das Herz stehen, bis das Pferd anhielt und Michael sich an Hals und Mähne wieder in den Sattel zog. Kein Wunder, dass alle – Pferde und Reiter gleichermaßen- so dick in Schutzausrüstung eingepackt waren.

Es geschah zum Ende des dritten Chucker.

Er hatte schon die ganze Zeit versucht, mir auf die Pelle zu rücken. Ich hatte aber beständig darauf geachtet, für möglichst viel Abstand zwischen uns zu sorgen. Bei Michaels Fast- Sturz hatte ich das allerdings vollkommen vergessen.

Kaum hatte ich mich wieder etwas beruhigt, nachdem Michael wieder im Sattel saß, da drehte sich auf einmal alles. Mir schwirrte der Kopf und ich brauchte einen Moment bis ich es bemerkte. Etwas weiches, feuchtes auf meinem Mund. Mit einem Aufschrei schob ich ihn von mir weg. Matthew sah mich nur selbstgefällig an. Als er wieder seine Hand nach mir ausstreckte, schlug ich sie weg und zwängte mich zwischen die anderen Leute.

Nur weg von dort.

Energisch trieb Michael seinen Fuchs vorwärts. Neben ihm holte der gegnerische Stürmer auf. Seite an Seite rasten sie dem Ball hinterher. Michael fixierte ihn mit entschlossenem Blick. Der Ball wurde allmählich langsamer und sie kamen immer näher. Michael lenkte sein Pferd nach links – weiter auf den anderen Reiter zu – um mit dem Schläger in seiner Rechten den Ball treffen zu können. Sein Gegner holte ebenfalls aus. Dabei blieb er an Michaels Steigbügel hängen.

Michaels Bein wurde nach vorne gerissen und er selbst aus dem Sattel geschleudert. Die Welt drehte sich. Irgendwie schnappte seine Hand nach der Mähne. Als er wieder klar sehen konnte, stierte er auf den schlanken Hals seines Pferdes, und den Boden darunter. Langsam rappelte er sich auf. Der Ball war natürlich verloren, aber wichtiger war, dass es keine Verletzungen gegeben hatte.

Sein Blick wanderte zur Menge – und er erstarrte. Seine Hände krallten sich an Zügeln und Schläger fest. Er hatte gefunden, wonach er gesucht hatte – in den Armen eines anderen.

Kapitel 21

Von dem Spiel bekam ich nicht mehr viel mit. Genau genommen, gar nichts. Als ich den Platz endlich verlassen hatte, wanderte ich erst ziellos in der Gegend umher. Irgendwie musste ich wieder einen klaren Kopf bekommen. Was hatte der Kerl sich dabei nur gedacht? Kapierte er tatsächlich nicht, dass ich kein Interesse an ihm hatte?

Jedenfalls musste Eliza mitbekommen haben, dass ER sich an MICH herangemacht hatte. Schließlich hatte sie direkt daneben gestanden. Ich spanne keine Männer aus, das sollte sie auch wissen.

Das Gelände, das für die Veranstaltung vorgesehen war, lag etwas außerhalb einer kleinen Ortschaft namens…Moment, wie hieß das nochmal?

Jetzt erst blickte ich auf. Ich war eine Zeit lang einfach über das halb verdorrte Gras gestapft. Ich sah mich um. Ich hatte mich schon ein ganzes Stück von dem Schauplatz entfernt, die Autos und die Tribüne waren aber noch gut zu erkennen. Langsam bewegte ich mich wieder darauf zu.

Wir waren zu dritt gefahren. Eliza, Matthew und ich. Matthew hatte in seinem Protzwagen vorfahren wollen. Die Tatsache, dass die Straße zwischen Exmouth und dem Pologelände rein aus unwegsamem Gelände bestand, hatte bei ihm dann doch zur Einsicht geführt. Oder auch nicht. Jedenfalls hatte ich gewonnen und wir waren mit dem Auto von Eliza und mir gefahren. Sollte Matthew doch schauen, wie er zurück kam.

Doch wo war jetzt das Auto wieder? Ich stand an der ersten Reihe der Fahrzeuge und ließ meinen Blick darüber schweifen. Ich hielt Ausschau nach einem auffälligen, roten Dach. Hier war keines. Reihe für Reihe schritt ich ab und sah mich genau um, bis ich einen roten Pick-Up fand. Zielstrebig lief ich dort hin. Aber von unserem Wagen war keine Spur. Ich war mir sicher, dass wir neben einem roten geparkt hatten. Neben diesem waren aber nur ein Kleinlaster und eine große Lücke, die eine Schande war. Dort hätte mindestens noch ein weiteres Auto Platz gehabt.

Ich suchte weiter. Ich fand noch zwei rote Fahrzeuge: einen Geländewagen und einen in die Jahre gekommenen LKW. Aber von meinem keine Spur. Jedes einzeln abzusuchen würde Stunden dauern. Bis dahin wäre Eliza schon längst ohne mich gefahren…Oder war sie das schon?

Mir fiel die Lücke neben dem Pick- Up wieder ein. Michaels Spiel war in der Zwischenzeit zu Ende. Hatte Eliza die anderen Spiele auch sehen und bis zum Schluss bleiben wollen?

Ich konnte weitersuchen, doch das würde mir nichts helfen, wenn Eliza in der Zwischenzeit schon wieder wegfuhr. Also lief ich zu den Pferdetransporter zurück. Bestimmt würde Michael mich mitnehmen. Wahrscheinlich war das auch besser so. Schließlich wusste ich nicht, was Eliza mit Matthew anstellte.

Bei den Transportern herrschte reger Betrieb, während Michaels Teamkollegen und die Helfer die vielen Pferde versorgten. Es gab hinter dem Parkplatz einen kleinen Waschplatz, an dem man die Tiere abspritzen konnte. Cleo und Amanda waren gerade noch dabei, ihre wieder trocken zu bekommen. Daneben bekam ein anderes gerade eine Decke aufgelegt, die mit unzähligen, kleinen Löchern versehen war. Michael hatte mir erklärt, dass diese zum Schutz vor Insekten dienen sollte.

Michael stapfte zwischen zwei Transportern hindurch. Er schien mich nicht bemerkt zu haben. Ich folgte ihm. Mit grimmigem Blick hantierte er in der Sattelkammer seines Transporters herum. Zum Glück bemerkte ich ihn, bevor er näher herangetreten war: Matthew stand neben dem Führerhaus. Schnell verzog ich mich hinter eine Ecke.

Wie sollte ich nun zurück nach Exmouth kommen?

Kapitel 22

Am späten Nachmittag schleifte ich mich endlich die Treppen hinauf. Amanda und Cleo hatten sich erbarmt, mich mitzunehmen. Amanda hatte mich dann sogar direkt vor dem Haus abgesetzt. Erst nachdem die Pferde endlich versorgt gewesen waren, natürlich. Sie hatten dann auch noch die anderen Spiele sehen wollen. So war ich notgedrungen auch noch stundenlang dort gewesen. Ich fühlte mich total ausgelaugt, obwohl ich selbst eigentlich gar nicht so viel getan hatte.

In den Transporter von Amanda und Cleo passten sogar vier Pferde. So konnten sie also problemlos zusammen fahren. Ich hatte mich zu ihnen auf die Bank im Führerhaus gesetzt – ganz auf der Seite, neben der Beifahrertür- und die meiste Zeit über geschwiegen. Ich hätte ohnehin nicht viel zum Gespräch beisteuern können, auch wenn ich gewollt hätte. Sie sprachen über Spieltaktiken, was sie bei den anderen Spielern gesehen hatten, gutes, schlechtes, wie man das ins Training einbauen könnte…

Nur einmal horchte ich auf, als es um ihr eigenes Spiel ging, vor allem um den letzten Chucker. Offensichtlich war Michael total neben der Spur gewesen und einige Torchancen wurden total verbraten. Hatte er sich bei dem Zwischenfall etwa doch verletzt? Als er mit seinem Bruder vor dem Transporter gestanden hatte, hatte es nicht den Eindruck gemacht.

Noch während ich die Treppen zur Wohnung erklomm, die ich mit Eliza teilte, nahm ich mir vor, ihn direkt anzurufen.

In der Wohnung war es gespenstisch still. Eliza hätte doch da sein müssen?

Nachdem ich mich aus den drückenden Schuhen befreit hatte, ließ ich mich in der Küche auf einen Stuhl fallen. Ich kramte mein Smartphone aus der Tasche und wählte Michaels Nummer. Es dauerte lange, bis das Freizeichen kam. Und noch länger ließ ich es klingeln. Irgendwann brach die Verbindung ab. Michael hatte nicht abgenommen. Vielleicht hatte er zu tun oder sein Handy gerade nicht da. Ich schrieb ihm eine Nachricht.

Danach schälte ich endlich das Kleid von mir herunter und ging ins Bad. Ich genoss das herrlich kühle Wasser auf meiner Haut. Nachdem ich mich erfrischt hatte, holte ich mein Buch und machte es mir damit auf dem Sofa gemütlich.

Es war schon fast dunkel, als ich einen Schlüssel im Schloss klappern hörte. „Hallo", sagte ich, als Eliza in die Wohnung trat. Sie starrte mich an. Mit einem kalten, harten Blick im Gesicht, der mir die Haare auf dem Rücken aufstellte. So hatte sie mich noch nie angesehen. Sie drehte auf dem Absatz um.

Auf halbem Weg zu ihrem Zimmer rief ich ihr hinterher: „Eliza? Was ist denn los?"

Sie blieb stehen. Langsam wandte sie sich mir zu. Immer noch mit diesem harten Ausdruck im Gesicht. „Du willst wissen, was los ist?! Ich will dich nicht mehr sehen, das ist los!!!", schrie sie.

Ich spürte, wie mir das Blut in den Kopf schoss und mein Herz anfing, zu pochen. Ich stand auf. „Was soll das heißen?", fragte ich, immer noch verwirrt.

„Was das heißen soll?!", schrie Eliza weiter. „Ich habe es satt, dass du mir immer alles wegnimmst!"

Jetzt konnte auch ich nicht mehr an mich halten. Ich ballte die Hände zu Fäusten. „Ich habe dir gar nichts weggenommen!"

„Nein, nur Lukas, Martin, Alexander, Joachim und jetzt Matthew auch noch!"

„Wie bitte?!"

„Hör auf so zu tun, als wüsstest du von nichts! Sie haben mich alle wegen dir verlassen!"

„Ich habe kein Interesse an deinen Muskelprotzen!"

„Ach ja?! Was glaubst du, warum ich keinen mehr mit nach Hause gebracht habe!"

Ich kochte vor Wut. Mittlerweile war es mir auch vollkommen egal, was die Nachbarn denken würden. „Was soll das bitte mit mir zu tun haben?!", keifte ich in einer Lautstärke zurück, die bestimmt bis ins nächste Stockwerk zu hören war. „Es ging doch immer nur um dich!"

„Jedes Mal, wenn ich einen Freund mitgebracht habe, hat er mich verlassen. Wegen dir!" Eliza stand mit hochrotem Kopf und mit vor Hass sprühenden Augen vor mir.

Es reichte.

Ich löste mich aus meiner Starre, rauschte an ihr vorbei und schloss mich in meinem Zimmer ein.

Kapitel 23

Das Wasser lief an mir herunter. Obwohl die ohnehin schon klein gehaltenen Fenster durch Rollläden vor der Sonneneinstrahlung geschützt waren und die Lüftungsanlage lief. Es war noch einmal wärmer geworden. Vielleicht lag es auch an meiner Stimmung.

Seit unserer Auseinandersetzung waren zwei Wochen vergangen. Mit Eliza hatte ich seither kein Wort mehr gesprochen. Früh morgens hatte ich sie immer nur seltenst angetroffen, die Feierabende verbrachte ich mit meinen Büchern nicht auf dem Sofa im Wohnzimmer, sondern in meinem eigenen Raum. Mit Schwimmen war nichts mehr, ich hatte auch gar keine Lust dazu.

Michael hatte sich nicht mehr gemeldet. Ich hatte ihn angeschrieben. Sogar zwei Mal. Jedoch keine Reaktion. Ich hätte wieder zum Training fahren können. Aufdrängen wollte ich mich allerdings auch nicht.

Jetzt saß ich also an meinem Schreibtisch, im schummrigen Büro der Bibliothek, den Tisch nur mit einer kleinen Schreibtischlampe, um noch zu erkennen, was ich tat. Der Bildschirm des Computers flimmerte mir entgegen. Ich durchforstete gerade die Liste der Neuerscheinungen nach Werken, die in unser Portfolio passen könnten. Eigentlich eine meiner liebsten Beschäftigungen. Doch selbst dem ging ich nur noch stoisch nach.

Bis zum Mittag hatte ich eine Liste fertig, die ich bei Cynthia abgab. Vor der Pause setzte ich mich noch einmal an meinen Tisch, um die Post durch zu gehen. Es war nichts Dringendes dabei, also gab ich die Briefe vorerst zur Ablage. Dabei fiel mir ein unscheinbarer Umschlag ins Auge. Ich zog ihn heraus. Es war das Angebot aus Coral Bay. Lange starrte ich darauf.

Kapitel 24

Hysterisches Lachen begleitete mich, während ich gemütlich am Waldrand entlang lief. Ich bekam immer noch ein mulmiges Gefühl und mir lief ein Schauer über den Rücken, obwohl ich wusste, dass mir nichts passieren würde.

Ein Blick nach oben offenbarte mir die vielen braun- weißen Körper, die über mir in den Baumwipfeln saßen. Die Kookaburras waren nicht groß. Vielleicht so groß wie meine Faust. Ich hatte mir sagen lassen, dass sie hauptsächlich Mäuse, Insekten und Schlangen jagten. Sonst waren sie im Grunde ganz niedliche Vögel. Aber ihr lachender Ruf blieb mir einfach unheimlich.

Der Weg gabelte sich. Wieder sah ich lange auf die Abzweigung nach rechts. Dort ging es weiter in den Wald hinein, helle Lichtpunkte spielten auf dem Boden zwischen den Bäumen, der sandige Weg verlor sich nach ein paar Metern hinter einer Kurve. Er sah wirklich verlockend und schön aus. Leider würde ich mich nur verlaufen und nicht mehr herausfinden. Ich hatte niemanden, der mir den Weg zurück zeigen konnte.

Also lief ich wie immer nur weiter am Waldrand entlang. Langsam wurde das hysterische Lachen der Kookaburras leiser. Stattdessen begann es, sachte in meinen Ohren zu rauschen. Etwas später gesellten sich Stimmen und Musik dazu.

Es ging auf den australischen Frühling zu. Das heißt, in Europa war gerade Ferienzeit. Der Strand war gerammelt voll. Überall waren Touristen in Badekleidung unterwegs. Manche machten auch nur einen Strandspaziergang und suchten zwischen den Dünen nach Schätzen. Die Musik kam von einer aufgebauten Hütte, die Getränke verkaufte. Nicht weit entfernt war die Marinestation. Von dort aus startete stündlich eines der Glasbodenboote, die die Besucher mit auf Tour über das Riff nahmen. Das Ningaloo Reef lag hier mit seiner bunten und abwechslungsreichen Korallenvielfalt fast direkt an der Küste. Das war auch der Grund, weshalb Coral Bay fast nur aus Urlaubern bestand. Mit den Glasbodenbooten brauchte man noch nicht einmal schnorcheln können. Man

suchte sich einfach ein nettes Plätzchen auf einem der Boote, sah nach unten und ließ das Riff mit seiner bunten Mischung aus Korallen, Fischen und anderen Meeresbewohnern vorbei ziehen.

Nicht zum ersten Mal war ich hin und her gerissen, ob ich eine Fahrt buchen sollte. Wieder ließ ich es bleiben.

Am Anfang war ich ein paar Mal mitgefahren, um mich abzulenken, denn ich wusste sonst nicht, was ich mit mir hätte anstellen sollen. Den ganzen Tag im Hotel zu sitzen war schließlich auch nicht das Wahre. Irgendwann hatte ich meine Ausflüge aber auf die Spaziergänge beschränkt. Die Touren mit den Booten waren immer die gleichen. Mittlerweile konnte ich sie schon fast auswendig. Außerdem war es einfach nicht dasselbe, wie alles direkt unter Wasser zu sehen und zu erleben. Da ich mich hier nicht auskannte, würde ich jedoch ganz bestimmt nicht alleine tauchen gehen. Ich hätte mir einen Tauchbegleiter und Führer buchen können, auf unnötige Sozialkontakte verzichtete ich immer aber weiterhin. Das mit Eliza und den Zwillingen saß mir immer noch schwer im Nacken.

Am Ende blieben mir somit nur die Spaziergänge, die leider auch immer eintöniger wurden. Viel Auswahl hatte ich nämlich selbst da nicht. Ich lief noch eine Weile weiter an der Küste entlang. In sicherer Entfernung zu den Touristen. Das waren Leute aus aller Welt. Die meisten beherrschten wenigstens ein rudimentäres Englisch, um sich hier auch ohne Reiseleiter durchschlagen zu können. Mit dem Rest konnte man sich als Einheimischer nur mit Händen und Füßen verständigen. Einmal hatte ich im Hotel sogar jemanden Deutsch sprechen hören. Da war die Versuchung groß gewesen, mich doch zu erkennen zu geben.

Das war das nächste Übel: Es gab hier niemanden, mit dem ich mich in meiner Muttersprache unterhalten konnte. Auch wenn mir das Englisch inzwischen nicht mehr schwer fiel und sich schon ganz normal anfühlte, hatte ich mit Eliza doch immer Deutsch gesprochen. Ich hatte meine Bücher, die ich gerade jetzt auf Deutsch bestellte (auch wenn es ewig dauerte, bis sie hier ankamen, während das englische Original eigentlich verfügbar war), aber das war trotzdem nicht dasselbe. Bei den Eltern zu Hause wollte ich nicht anrufen, sonst wäre das auch noch alles herausgekommen, was mit Eliza passiert war. Meine Mutter war leider Meisterin darin, ungewollte Dinge aus einem herauszupressen. Weihnachten rückte näher. Es war zwar noch eine ganze Weile bis dahin, trotzdem machte ich mir bereits Gedanken darüber. Keine Ahnung, was das werden sollte.

Ich grübelte beim Laufen immer weiter vor mich hin. Kaum wurde das Gelände felsiger, wurden die Touristen immer rarer bis auf einmal weit und breit wieder niemand mehr zu sehen war. Auch ich bog ab, um in einem kleinen Bogen durch den Wald wieder zurück zu laufen.

Ich hätte an der Küste eine Pause machen sollen, denn auf einmal taten mir die Beine weh. Ich hätte mich gerne ein paar Minuten hingesetzt. Am Meer hätte ich mich relativ sicher auf einen Stein setzen können. Im Wald ging das nicht. Überall konnten sich noch so kleine Insekten verstecken, die dafür umso giftiger waren. Einmal versehentlich eines davon provoziert und schon konnte es ganz schnell aus mit mir sein. In solchen Momenten wurde das Verlangen immer größer, wieder sorgenfrei durch die österreichischen Wälder wandern zu können. Was wollte ich hier denn überhaupt noch?

Neben mir raschelte es. Ich blieb sofort stocksteif stehen. Eine Vogelspinne? Eine Schlange? Etwas braunes kugelte sich auf einmal vor mir auf den Weg. Ein kleines Fellknäuel. Es schüttelte sich und stellte sich langsam auf seine vier kurzen Beine. Ich lächelte. Ein Wombat. Die Tiere sehen aus wie kleine Teddys. Ich unterdrückte den Drang, es gleich knuddeln zu wollen. Das Wombat entdeckte mich, starrte mich mit riesigen Teddyaugen an – und kugelte sich zurück ins Gebüsch. Ich lachte.

Ich spürte, wie mir auf einmal warm um Herz wurde. Die Sonne, deren Tupfer durch das Blattwerk sickerten, strahlte plötzlich heller, das Vogelgezwitscher, auch das Blätterrascheln wurde intensiver und angenehmer. Mit neuem Elan setzte ich meinen Weg fort.

Kapitel 25

Im Grunde bestand Coral Bay nur aus dem Hotel, in dessen Bibliothek ich jetzt arbeitete. Das war dafür riesig und nahm den gesamten Hügel nahe des Waldrandes ein. Über mehrere Stockwerke erhob es sich über die Baumwipfel. Aufgrund des Untergrundes hatte es nicht direkt an der Küste erbaut werden können.

Neben der Stelle in der Bibliothek hatte ich ein eigenes Zimmer im Personaltrakt zugeteilt bekommen. Es war bei Weitem, nicht so groß und luxuriös wie die Gästezimmer, aber es war gemütlich und hatte ein eigenes Bad. Gereinigt wurde es von den Zimmermädchen und die schmutzige Wäsche brauchte ich einfach nur abzugeben. Trotzdem vermisste ich oft die Vorteile einer eigenen Wohnung. Ich konnte mir das Zimmer nicht selbst einrichten und der Platz war begrenzt. Irgendwann würde ich mir in der Bibliothek eine Ecke für meine eigenen Bücher organisieren müssen.

Von der großen Terrasse des Restaurants aus konnte man schon das Meer sehen. Beim Blick von meinem Fenster aus sah ich das Meer von Campern auf dem großen Platz eine Handvoll von Kilometern entfernt. Dort checkten in der Regel die weniger betuchten Urlauber und Abenteurer ein.

Erstaunlicherweise kamen täglich Besucher in die Bibliothek, zum Lesen in der gemütlichen Lounge am Panorama- Fenster zum Wald, zum Ausleihen von Büchern oder einfach nur zum durchstöbern. Manche brachten auch ihre eigenen Bücher mit und schmökerten in kleiner Runde bei Kaffee oder Tee.

Bücher waren schon immer die einzige Gesellschaft gewesen, die ich wirklich brauchte. Seit der Trennung von Eliza ließ mich aber dieses nagende Gefühl nicht los, das mir vor allem abends schwer im Magen lag. Ich hatte meine geregelten Arbeitszeiten, wohnte in einem Luxus-Resort mit zahlreichen Angeboten, direkt an dem Riff, von dem ich schon lange geträumt hatte. Dennoch kam ich mir isoliert und abgeschnitten von der Welt vor. Genau das suchten die Urlauber hier, weg von der Hektik des Alltags, raus in die Wildnis, und genau das machte mir auf einmal zu schaffen.

In zwei Monaten sollte eine Ausstellung in Sydney stattfinden. Alec hatte mich dazu eingeladen. Im Nachhinein fragte ich mich, was mich geritten hatte, um da mitzumachen. Ich war unschlüssig, ob ich Bilder von mir überhaupt sehen wollte. Der Ausflug würde aber eine willkommene Abwechslung sein. So freute ich mich doch wenigstens ein bisschen darauf. Immerhin waren das Unterwasserfotos im Riff mit meiner Flosse. Vielleicht würde ich mir ein oder zwei Exemplare sichern. Die Wände in meinem Zimmer waren ohnehin so kahl.

Im Flur flog mir plötzlich eine Tür entgegen. Ich hatte gerade noch bremsen können, sonst wäre sie mir direkt auf die Nase geknallt. Die Tür ging wieder zu, und Ethan machte erschrocken einen Satz von mir weg. Wir starrten uns an. Wahrscheinlich wussten wir beide nicht, wie wir jetzt reagieren sollten.

Gerade, als ich mich entschuldigen wollte, hatte er sich auch wieder gefasst. Er sagte: „Hi." Ich grüßte zurück. Ethan arbeitete auch in der Bibliothek, mehr als ein paar Worte hatten wir bisher aber nicht gewechselt. Obwohl ich nun schon fast ein Vierteljahr im Hotel war. Ethan war ein attraktiver Mann, unauffällig, aber attraktiv. Ich schätzte ihn auf Mitte oder Ende dreißig.

„Die Bibliothek ist für Montag hergerichtet?", fragte er auf einmal unvermittelt. Ich nickte. Was sollte das? Natürlich war alles einsortiert, die verliehenen Exemplare katalogisiert und die Tische und Sitzgelegenheiten blitzeblank. Der Boden war Sache der Reinigungskraft.

„Gut. Die Architekten wollen sich das auch einmal anschauen." Damit ging er weiter.

Ich hatte mitbekommen, dass ein Erweiterungsbau geplant werden sollte. Ein Pavillon oder so. Aber was hatte das mit der Bibliothek zu tun? Ich zuckte mit den Achseln. Das würde sich dann schon herausstellen.

Am Montag fuhr ein Geländewagen im Hof vor. Ungewöhnlich für unsere Gäste. Noch ungewöhnlicher war, dass zwei Personen im Anzug ausstiegen. Ein Mann in schwarz und eine Frau in beige mit einem knielangen Rock.

Mehr bekam ich von den Architekten an diesem Tag nicht mit. Sie waren dann wohl während meiner Pause in der Bibliothek gewesen.

Kapitel 26

Im Grunde war Sydney wie jede andere Großstadt auch: riesig, viele Leute, viel Lärm und ihre charakteristischen Sehenswürdigkeiten, die von den Touris heimgesucht wurden. Einer davon war jetzt auch ich. Bestimmt gab es auch irgendwo ein Viertel für die weniger betuchten von ihnen.

Die Ausstellung sollte am Samstagabend stattfinden. Ich war bereits am Tag davor angereist. Natürlich zu spät, um noch groß irgendetwas zu unternehmen. Trotzdem hatte ich immerhin noch einen Besuch im Sydney Tower unterbringen können. Viel erkannt hatte ich im Dunkeln zwar nicht, dafür war der Anblick der beleuchteten Stadt atemberaubend gewesen. Das Opera House, das Wahrzeichen der Stadt, war mit zahlreichen Scheinwerfern so ausgeleuchtet gewesen, dass ich es sogar zu dieser Zeit noch gut erkennen konnte.

Den Samstag verbrachte ich mit einer Hop- on- Hop- off- Bustour durch Sydney. Dabei konnte man während der Tour jederzeit aussteigen, um sich die Attraktionen genauer anzusehen und dann mit dem nächsten Bus weiter fahren – mit nur einem Ticket. Während der Fahrt wurde man von einem Reisebegleiter auch auf Dinge aufmerksam gemacht, die nicht in der Broschüre oder im Internet standen und denen man sonst keine Beachtung geschenkt hätte.

Ich hörte den Geschichten und Anekdoten gerne zu, während ich mich gemütlich durch die Stadt gondeln ließ. Ich hatte mich für einen Platz auf dem Sonnendeck entschieden. Dort hatte man einfach die bessere Aussicht und ich kam mir nicht so eingezwängt vor. Extra dafür hatte ich mich in einem kleinen Laden mit starker Sonnencreme und einem Sonnenschirm ausgestattet. Meine Befürchtung, dass ich damit jemanden stören würde, war zum Glück unbegründet. Wahrscheinlich waren die anderen auch froh über den Schatten, den er spendete. Schließlich waren wir schon wieder im australischen Sommer. Allein der Gedanke, mich bewegen zu wollen, ließ die Schweißtropfen bereits an mir herabperlen.

Wir touchierten King's Cross. Große, helle Schaufenster luden zum Bummeln ein. Überall wimmelte es von Menschen. Eliza hätte das bestimmt gefallen. Ich konnte es förmlich vor mir sehen, wie sie mich von einem Klamottenladen in den nächsten schleifte…

Ich schüttelte den Gedanken ab. Vielleicht würde ich später noch den ein oder anderen Buchladen finden…

Das Opera House war eine der Attraktionen, für die ich dann doch den Bus verließ. Nachdem ich es am Abend zuvor bereits von oben gesehen hatte, wollte ich mir ein genaueres Bild davon machen. Ich buchte dann sogar die einstündige Führung. Immerhin war es ja auch das berühmte Wahrzeichen der Stadt und seine Architektur unmittelbar mit Australien verbunden.

Trotz meiner immer noch bedrückten Stimmung genoss ich den Ausflug. Alecs Ausstellung war sehr beeindruckend. Er hatte ein Talent dafür, den richtigen Augenblick einzufangen. Beim Betrachten der Bilder hatte man fast den Eindruck, sich selbst in der Unterwasserwelt zu befinden. Das sanfte Meeresrauschen, das im Hintergrund aus den Lautsprechern drang, tat sein übriges.

Ich konnte mich auf den Fotografien selbst kaum erkennen. Sie wirkten tatsächlich wie die Aufnahmen einer lebendig gewordenen Fantasiegestalt. Peinlich wurde es nur, als Alec mich einigen Persönlichkeiten vorstellte. Sie waren alle sehr höflich und mehr interessiert als abschätzend, dennoch wäre ich am liebsten im Boden versunken.

Am Sonntagabend kam ich gut gelaunt und mit einem großen Bild unter dem Arm wieder beim Hotel an. Ich lief die Auffahrt entlang zum Haupteingang. Aus dem Augenwinkel heraus sah ich einen Geländewagen, der mir seltsam bekannt vorkam. Ich sah genauer hin. Das musste der des Architektenpärchens sein. Am nächsten Tag sollte ja mit den Bauarbeiten begonnen werden. Auf dem Platz hinter dem Hotel parkten auch schon die Bagger und andere Maschinen, die zum Einsatz kommen sollten. Ein Dixie - Klo durfte da natürlich auch nicht fehlen. Dennoch wurde ich das Gefühl nicht los, dass das nicht alles war, was ich über den Wagen wusste.

Kapitel 27

Montagmorgen hing ich zerknautscht, mit einer Tasse Kaffee in der Hand, über dem Computer. Der Baulärm, der bereits früh am Morgen begonnen hatte, war für meine Kopfschmerzen auch nicht gerade hilfreich. Vielleicht war ich ja zu lange in der Sonne gewesen. Was würde ich dafür geben, da auch etwas unempfindlicher zu sein. Eine Bombe kurz vor der Explosion musste sich so anfühlen wie mein Kopf gerade. Wieder vibrierte der Boden, als die Erde mit lautem Gerumpel aufgerissen wurde. Mit einem tiefen, verzweifelten Seufzen legte ich den Kopf auf die Arme. Das würde noch wochenlang so weitergehen.

Der große Bang kam dann beim Mittagessen.

Ich saß an meinem üblichen Tisch im Speisesaal. Ohne Smartphone, ohne Buch, einfach mit meinem Essen, in der Hoffnung, dass sich mein Hirn etwas erholte. Lustlos gabelte ich meine Mahlzeit in kleinen Happen in mich hinein. Mein Kopf dröhnte immer noch. Immer wieder ließ ich langsam den Blick durch den Raum schweifen. Zu dieser Zeit konnte man die Anwesenden an einer Hand abzählen. Die ganzen Urlauber waren tagsüber am Strand oder sonst irgendwo unterwegs.

Dafür trat mit einem Mal das Architektenpärchen ein. Mir fiel die Gabel aus der Hand. Scheppernd landete sie auf dem Teller.

Die beiden waren wieder elegant in schwarz und creme gekleidet – und keine Unbekannten.

Unauffällig versuchte ich, mein Gesicht hinter meinen Haaren zu verstecken, während Michael und Eliza sich einen Platz suchten. Hoffentlich weit weg von mir. Mir klopfte das Herz bis zum Hals, als sie sich in meine Richtung bewegten. Ich beugte mich noch tiefer über meinen Teller. Aus den Augenwinkeln heraus sah ich, wie Michael mir beim Vorbeigehen einen Blick zuwarf, die beiden liefen aber ohne weiteres an mir vorbei und nahmen an einem der Tische neben dem Fenster Platz. Er schien mich nicht erkannt zu haben.

Obwohl sich mir dabei der Magen umdrehte, schaufelte ich eilig den Rest meines Essens in mich hinein und floh schnell aus der Mensa. So würdevoll und unauffällig wie möglich.

Wie kam es, dass sie zusammen in Coral Bay waren? War das wirklich nur geschäftlich? Oder steckte mehr dahinter? Und was war mit Eliza und Matthew?

Ich konnte den ganzen Tag keinen klaren Gedanken mehr fassen. Die bohrenden Kopfschmerzen waren fast wie weggeblasen, dafür lag mir jetzt ein schwerer Stein im Magen.

Das Abendessen ließ ich ausfallen. Zu groß war die Gefahr, ihnen dort wieder zu begegnen. Wirklichen Hunger hatte ich in diesem Zustand auch keinen. Wo Eliza und Michael wohl untergebracht waren? Richtige Gäste waren sie ja keine, wenn sie beruflich da waren. Die Räume für die Angestellten waren aber wahrscheinlich nicht luxuriös und angenehm genug. Schließlich will man ja auch Werbung machen.

Hatten sie ein gemeinsames Zimmer bekommen? Und räkelten sich gerade in einem großen Doppelbett, während ich mit angezogenen Knien in meinem Räumchen saß?

Fragen über Fragen und beantworten konnte ich doch keine.

Irgendwann musste ich eingeschlafen sein. Jedenfalls wachte ich irgendwann auf. Total verkrümmt lag ich auf dem Bett, die Decke verwuschelt und zerknittert unter mir, das Kissen neben den Füßen und mit schmerzendem Nacken. Ich stützte mich auf den Armen ab, um mich langsam aufzusetzen. Ein Stöhnen konnte ich mir dabei nicht verkneifen.

Von draußen stahl sich ein schwacher Schimmer durch die Fenster herein. Ich warf einen Blick auf die Uhr: halb fünf, noch mitten in der Nacht. Eine leichte Brise wehte vom gekippten Fenster ins Zimmer. Ich stand auf und ging langsam hinüber. Dort angekommen schob ich den Vorhang beiseite und öffnete das Fenster ganz. Ein Schwall angenehm kühler Luft kam mir entgegen. Ich atmete tief durch und spürte, wie sich meine Muskeln langsam lockerten. Vom Wald her drangen reges Rascheln und hin und wieder ein Ruf herüber. Dorthin würde ich bestimmt nicht gehen, aber hinlegen konnte ich mich auch nicht mehr. Ich schlüpfte in meinem kurzen Pyjama aus dem Zimmer. Barfuß ging ich auf dem weichen Teppichboden den Gang entlang und die Treppen hinunter.

Im Innenhof glitzerte das Wasser des Pools im ersten Tageslicht. Kleine Wellen ließen die Lichter tanzen, obwohl der Hof von allen Seiten eingeschlossen war. Ich setzte mich an den Rand des Beckens und ließ die Beine im Wasser baumeln. Gedankenverloren beobachtete ich das Spiel der Wellen.

„Guten Morgen." Ich schoss hoch und wäre beinahe ins Wasser gefallen. Gerade so hatte ich mich noch am Rand festhalten können.
„Entschuldige, ich wollte dich nicht erschrecken. Darf ich mich zu dir setzen?" Michael stand nur einen halben Meter neben mir. Ich starrte ihn an. Plötzlich wurde mir bewusst, dass ich nur mit dem Pyjama bekleidet vor ihm saß. Er trug auch nur Shirt und eine kurze Hose, aber trotzdem. Ich sprang auf.
„Ich muss los", sagte ich nur kurz angebunden, drehte mich um und marschierte los. „Sarah?", rief Michael mir hinterher. „Ich muss mit dir reden." „Keine Zeit", antwortete ich ihm über die Schulter hinweg. Bloß weg, dachte ich.

Kapitel 28

So wurden die Mahlzeiten nun zum Spießrutenlauf. Aber irgendwann musste ich etwas essen. Natürlich konnte das nicht lange gut gehen. Es war beim Abendessen, drei oder vier Tage später.

Ich hatte mich wie immer hinter meinem Buch verschanzt. Es war gerade so spannend, dass ich nicht mehr daran gedacht hatte, damit mein Gesicht zu verdecken. Oder meine Hand war einfach müde geworden, oder ich hatte einfach so nicht aufgepasst... Eigentlich war es ein Wunder, dass sie mich nicht gerade deswegen erkannt hatten. Vielleicht waren sie an den anderen Tagen tatsächlich nicht zur selben Zeit wie ich beim Essen gewesen.

Wie und was auch immer der Fall war, jedenfalls stellte ich auf einmal Bewegung an meinem Tisch fest. Als ich aufblickte, saßen Eliza und Michael vor mir. Einfach so. Es kostete mich alle Kraft, nicht aufzuspringen und ein neutrales Gesicht beizubehalten. Jedenfalls hoffte ich, dass ich das hatte. Ich wartete. Michael lächelte. Sah Eliza etwa nervös aus?

„Hallo", sagte sie. Ich wartete weiter. „Da ist man im gleichen Hotel und sieht sich doch tagelang nicht", begann Michael vorsichtig ein Gespräch.

„Ihr seid geschäftlich hier, wenn ich mich nicht irre?" Ich sah auffordernd zwischen den beiden hin und her.

„Ja, wegen dem Pavillon. Eliza arbeitet seit kurzem in meiner Abteilung."

Mit hochgezogener Augenbraue sah ich meine Schwester an. Normalerweise ließ sie nie andere für sich sprechen. Gespannte Stille folgte. Die Luft war so dick, dass man sie hätte schneiden können.

Michael räusperte sich. „Warum warst du letztens so schnell weg?" fragte er. „Bist du gestresst im Urlaub?" Ich sah ihn mit großen Augen an. Urlaub? „Ich mache hier keinen Urlaub", sagte ich kurz angebunden. Ich hatte nicht wirklich Lust, mich groß zu erklären.

Jetzt lehnte Michael sich mit weit geöffneten Augen in seinem Stuhl zurück. „Was machst du...?" „Die Bibliothek", unterbrach Eliza ihn. Es war das erste Mal, dass sie an diesem Abend wirklich gesprochen hatte. Michael sah sie verständnislos an, dann schlug er sich mit der flachen Hand an die Stirn.

„Die Bibliothek! Du arbeitest da?" Ich nickte. Was blieb mir auch anderes übrig. „Bist du schon hier seit..." Er schluckte, blickte unsicher zwischen uns dreien umher. „Seit ich Exmouth verlassen habe", beendete ich seinen Satz. Wieder Stille.

Wieder räusperte Michael sich. „Und was machst du am Wochenende?" Wochenende? Ach, es war ja Freitag. „Morgen habe ich Dienst", antwortete ich wahrheitsgemäß. „Und Sonntag?" Ich stutzte. Unter dem Tisch rang ich mit den Händen. „Mal sehen", sagte ich nur trocken. Michaels Gesicht hellte sich auf. „Du könntest uns doch das Riff zeigen. Es soll hier noch atemberaubender sein als bei Exmouth."

Es kostete mich alle Kraft, nicht beschämt zu Boden zu sehen. Wie sollte ich ihm das erklären, ohne wie ein Idiot da zu stehen – oder zu sitzen?

„Wir könnten ja auch zusammen einen neuen Teil davon entdecken", sprang Eliza plötzlich ein. Sie weiß ja, wie es um meinen Orientierungssinn bestellt ist. Ich sah sie lange an. Von Feindlichkeit konnte ich in ihren Augen nichts entdecken. Unsere Auseinandersetzung lag mir aber immer noch schwer im Magen. Was sollte ich jetzt damit anfangen?

„Mal sehen", antwortete ich dann.

Am Samstag regnete es tatsächlich. Über Nacht hatten sich dicke, schwere Wolken angesammelt. Früh morgens hatten sie dann damit angefangen, sich von ihrer Last zu befreien. Der Natur tat es gut und wir hatten eine willkommene Abkühlung, auch wenn es danach wieder richtig schwül werden würde.

Den Urlaubsgästen gefiel das natürlich gar nicht. Vor allem die Kinder mussten jetzt irgendwie beschäftigt werden. Das konnte ich glücklicherweise entspannt an mir vorüberziehen lassen.

Das Wetter war jetzt aber gerade richtig zum Lesen. Sämtliche Sitzecken und Nischen waren belegt. Die Besucher hatten sich alle in ein gutes Buch vertieft, dazu gab es meist Kaffee oder Tee und oft Kuchen oder etwas Gebäck. In den Sitzgruppen wurden murmelnd leise Gespräche geführt und wenn ich dort nicht benötigt wurde, hatte ich alle Hände voll damit zu tun, den suchenden Gästen beratend zur Seite zu stehen. Manchmal war hier doch sogar ein Kind dabei.

Als Michael auf einmal die Bibliothek betrat, war der Schock immerhin nicht mehr so groß wie bei unseren letzten Begegnungen. Bei seinem charmanten Lächeln wurde mir auch gleich wieder ganz warm ums Herz. Der Knoten in meinem Bauch machte einem sanften Kribbeln Platz. Ich konnte gar nicht anders als ihn ebenfalls lächelnd in Empfang zu nehmen.

„Gut siehst du aus", sagte er. Ich zog eine Augenbraue nach oben. Er räusperte sich: „Also, ich meine…natürlich siehst du immer gut aus… also…." Er brach ab und sah verlegen zu Boden. Ich fing an zu lachen. So sehr, dass ich mir den Bauch halten musste. Ich hatte ganz vergessen, wie gut das tat. Nachdem ich mich beruhigt hatte, schien auch er sich wieder gefangen zu haben.

„Komm", sagte ich. „Ich glaube, ich habe genau das richtige Buch für dich." Zielstrebig führte ich ihn in die Abteilung mit den Thrillern und Krimis. Dort verbrachten wir eine angenehme Zeit mit Diskussionen über die verschiedenen Autoren und Geschichten. Am Ende hatte er einen Wälzer unter dem Arm und ich hatte mich doch breitschlagen lassen, am nächsten Tag mit zum Riff zu kommen.

Wie erwartet, war es nach dem Regen noch schwüler als davor. Ich wäre fast zu spät in die Eingangshalle gekommen. Seit Monaten hatte ich meine Flosse nicht mehr in Gebrauch gehabt. Mein Zimmer war ja nicht riesig, trotzdem hatte es ewig gedauert, bis ich alles zusammengesucht hatte. Die Flosse selbst war ja noch recht leicht zu finden gewesen, aufgrund ihrer Größe. Aber Badesachen und den Flossenüberzug für das Kostüm aufzutreiben, verlangte ein großes Wühlen und Umräumen. War ich seit meinem Umzug überhaupt einmal schwimmen gewesen? Ich glaube, ich hatte noch nicht einmal den Pool benutzt.

Und das ganze Durcheinander würde ich dann höchstpersönlich wieder aufräumen dürfen. Wenigstens hatte ich dann doch noch alles zusammen bekommen.

Ich sah mich im Raum um. Die anderen waren noch da. Und noch jemand. Neben Eliza stand ein weiterer Mann. Irgendwie kam er mir bekannt vor. Hoch gewachsen, schlank, vielleicht etwas schlaksig, mit goldblonden Haaren. Sie standen sehr eng beieinander und beide strahlten.

„Guten Morgen", begrüßten sie mich fröhlich. „Wir haben schon überlegt, ob wir uns Sorgen machen müssen." Ich versuchte, Haltung zu bewahren. „Ich musste nur noch alles zusammenpacken." Damit deutete ich auf den Rucksack auf meinem Rücken. Die Flosse trug ich in der Hand mit mir. Die anderen waren ähnlich ausgestattet wie ich. Alle hatten große Trinkflaschen in ihren Rucksäcken verstaut, breitkrempige Hüte auf dem Kopf und sogar auf Elizas Haut schimmerte die frisch aufgetragene Sonnencreme. Einige Snacks hatten wir auch dabei. Perfekt ausgestattet für einen Tag im Busch. Für meine immer noch laienhafte Kenntnisse zumindest.

Auch Eliza hatte ihre Flosse in der Hand. Es gab einfach keine andere Möglichkeit, die Dinger zu transportieren. Ich für meinen Teil hatte jedenfalls noch nicht herausgefunden, wie ich sie sicher am Rucksack festzurren konnte.

Der Mann neben Eliza bückte sich und nahm ihre Flosse. „Komm, lass mich das machen", sagte er. Dabei fiel kurz das Licht durch das Fenster auf sein Gesicht unter der Hutkrempe. Plötzlich fiel es mir wie Schuppen von den Augen. Natürlich, Pete! Michaels Partner beim Polo. Was machte er jetzt hier? Und wieso ließ Eliza ihn so einfach gewähren, als er ihr die Flosse abnahm?

Die beiden schienen meine Verwirrung nicht zu bemerken, und ehe ich mich versah, folgte ich den anderen nach draußen. Dort war Eliza schlagartig wieder die alte. Sie lief im Stechschritt voraus, Pete im Schlepptau, Michael und ich hintendrein.

Anfangs kannte ich mich noch aus. Eliza steuerte direkt zum Touristenstrand mit der Bude und allem drum und dran. Dann nahm sie allerdings die entgegengesetzte Richtung von der, die ich immer einschlug. Wir liefen direkt am Wasser entlang und folgten der Küste über Dünen und Felsen. Wir waren alle längst schweißgebadet, dabei war es noch lange hin bis zum Mittag. Die ganze Zeit hielten wir Ausschau nach einem geeigneten Platz, um mit den Flossen ins Wasser zu kommen. Wir sollten direkt losschwimmen können. Am besten wäre ein nicht zu spitzer Fels gewesen, auf den wir uns zum Anziehen der Flosse hätten setzen können.

Die Sonne stieg immer höher und die einzigen Felsen, die weit genug draußen waren, waren viel zu klein und oft auch so spitz, dass wir uns alles aufgerissen hätten.

Nach etwa einer Stunde rammte Eliza genervt die Beine in den Boden. Der Schweiß rann an uns hinab. Ich war froh, ein paar kräftige Schlucke aus meiner Flasche nehmen zu können. Die anderen taten es mir gleich.

Eliza setzte ihre Flasche ab, nahm einen tiefen Atemzug und sagte: „Mir reicht´s! Wir bleiben jetzt einfach hier."

Ich sah mich um. In Strandnähe waren wieder nur ein paar kleine, spitze Felsen vorhanden, ansonsten bestand der Untergrund aus Sand und Kieseln. Keine Chance, da mit der Flosse ins Wasser zu kommen. „Wir können auch einfach ohne Flosse ins Wasser gehen", schlug ich vor. „Ihr könnt ja dann abwechselnd schnorcheln." Ich selbst hatte ehrlich gesagt keine Lust dazu. Zumal ich mich mit dem Schnorcheln überhaupt nicht auskannte und mich nicht auch noch total blamieren wollte. Einer der beiden Männer würde Eliza bestimmt seine Ausrüstung leihen. Verstohlen sah ich hinüber zu Pete.

„Quatsch", meinte Eliza. „Wir haben zwei starke Männer dabei. Die können uns bestimmt ins tiefe Wasser tragen, damit wir losschwimmen können." Damit klimperte sie bewusst mit den Wimpern in Richtung Pete. Der reckte die Brust nach vorne und kommentierte das nur mit einem lässigen „Klar."

Kaum gesagt, legten die anderen schon ihre Taschen ab. Während Eliza und Pete sich ihren Klamotten, bis auf die Badesachen, entledigten, alles wie es gefallen war am Boden liegen ließen und ins Wasser sprangen, legte Michael Shirt und Hose, die er getragen hatte, ordentlich daneben ab. Er sah mich an. „Alles in Ordnung mit dir?"

Ich hatte mich seither nicht gerührt. Bei der Sache hatte ich ein ganz mulmiges Gefühl im Magen, trotzdem nickte ich mit dem Kopf. Ich schälte mich langsam aus meinen Klamotten, bis auch ich im Badeanzug da stand. Nachdem der Rest zusammengefaltet neben meiner Tasche lag, folgte ich Michael ins Wasser. Gemütlich schwommen wir hin und her, bildeten kreisförmige Muster und genossen die willkommene Abwechslung. Nicht weit entfernt lachten, plantschten und alberten Eliza und Pete herum wie kleine Kinder. Die übermütige Fröhlichkeit war ansteckend und ich spürte, wie die Anspannung allmählich von mir abfiel.

Ich brachte ein lockeres Gespräch mit Michael zusammen, während wir gemeinsam unsere Bahnen zogen. Das Buch, das ich ihm empfohlen hatte, schien seinen Geschmack getroffen zu haben. Er hatte es schon fast ganz durchgelesen. Wir unterhielten uns angeregt darüber, ich immer im Bemühen, ihm nicht zu viel von der restlichen Handlung zu verraten. Meine Anspielungen machten ihn nur noch neugieriger. Gut so.

Nach einer Weile wurde es ruhiger, als Eliza mit Pete das Wasser verließ. Am Ufer begann sie damit, sich zu dehnen. Unser übliches Ritual, damit wir beim Schwimmen mit der Flosse keine Krämpfe bekamen. Michael sah mich auffordernd an. Ich unterdrückte ein Seufzen, schwamm dann an Land und schloss mich ihr an.

Eliza ließ sich tatsächlich von Pete auf den Händen tragen, nachdem sie ihre Flosse angelegt hatte. Sie hatte ihre Arme um seinen Hals gelegt und spaßte weiter mit ihm, während er mit ihr durch das seichte Wasser watete.

„Soll ich dir mit der Flosse helfen?" Ich drehte mich zu Michael um und blinzelte ihn an. „Was?", fragte ich verwirrt. Ich war ganz in Gedanken versunken gewesen. Ich hatte total vergessen, dass Michael noch neben mir stand.

„Ob ich dir mit der Flosse helfen soll? Das Ding anzuziehen sieht sehr umständlich aus." Er sah mich an. Obwohl seine Mundwinkel nur ganz leicht zu seinem Lächeln hin verzogen waren, schein sein Gesicht zu leuchten.

„Äh…nein, danke", stammelte ich. „Zu zweit wird das nur noch komplizierter. Wahrscheinlich ist es besser, wenn ich heute weiter ohne Flosse schwimme. Hier kommt man damit so schlecht ins Wasser."

„Kein Problem, ich trage dich hinüber. Bei deiner Schwester hat es ja auch gut, funktioniert", meinte Michael. Ein Blick aufs Meer zeigte mir, dass Eliza in ihrem bunten Kostüm schon Kreise um Pete herum zog. Die beiden schienen auf uns zu warten.

Notgedrungen schlüpfte ich in mein türkis- und silberfarbenes Kostüm und setzte mich auf meine Klamotten, um meine Flosse anzuziehen. So war die Wahrscheinlichkeit immer noch am geringsten, dass durch irgendwelche Steinchen Risse im Stoff entstanden. Dort am Strand, ohne die Möglichkeit, ins Wasser gleiten und losschwimmen zu können, kam ich mir vor wie ein Fisch auf dem trockenen. Buchstäblich. Noch unangenehmer war nur Michael, der sich, noch während er „Fertig?" fragte, zu mir hinunterbeugte. Er war so nah, dass ich seinen Atem im Nacken spüren konnte, als er einen Arm unter meine Knie schob und den anderen um meine Schultern legte. Mit klopfendem Herzen und total durcheinander war ich kurz davor, ihm eine zu scheuern.

Doch bevor es dazu kommen konnte, verlor ich mit einem Ruck den Kontakt zum Boden.

Entsetzt krallte ich mich an Michaels Schultern fest, mein Gesicht nur um Haaresbreite von seiner Wange entfernt. Ich wusste nicht, ob ich die Augen lieber schließen oder offen halten sollte. Mein ganzer Körper war so steif wie ein Klotz.

„Entspann dich", hauchte es auf einmal sanft in mein Ohr. Aber das ließ mich nur noch weiter verkrampfen. Es war ein äußerst merkwürdiges Gefühl, so in der Luft zu hängen. Dabei zu spüren, wie Michaels Muskeln arbeiteten, als er behutsam mit mir ins Wasser hinaus watete. Es dauerte eine gefühlte Ewigkeit, bis er mich sanft ins Wasser gleiten ließ.

„Ist das tief genug?", fragte Michael. Ich öffnete die Augen – ich hatte sie wohl doch irgendwann geschlossen. Langsam löste ich mich von seinem Hals. Michael konnte noch stehen, aber es war bereits tief genug, sodass ich meine Flosse bewegen konnte, ohne dass ich damit am Boden anstieß.

Ungelenk versuchte ich, meinen Körper in die einst vertraute Bewegung zu bekommen, um sanft durch das Wasser zu gleiten. Es war einfach schon so lange her. Doch mit jedem Stück weiter ins tiefere Gewässer wurde ich wieder sicherer und geschmeidiger. Fröhlich winkte uns Eliza zu und bedeutete uns, ihr zu folgen. Ich tauchte ihr hinterher, die beiden Männer begleiteten uns schnorchelnd.

Das bunte Riff mit seiner Vielzahl an Tieren und anderen Lebewesen war herrlich. Jetzt erst bemerkte ich, wie sehr mir das alles wirklich gefehlt hatte. Es war, als würde ich nach Hause kommen. Ich spürte, wie Stück für Stück eine Last von meinen Schultern zu fallen schien. Der ganze Streit mit Eliza rückte immer mehr in den Hintergrund. Ich fühlte mich frei und schwerelos.

Leider musste ich öfter auftauchen als sonst. Ich war einfach aus der Übung. Michael und Pete schienen jedenfalls schon öfters geschnorchelt zu sein. Sie hatten beide keine große Mühe, uns zu folgen.

Michael gesellte sich zu mir, wenn ich wieder etwas beobachtete oder zeigte mir Dinge, auf die ich sonst gar nicht aufmerksam geworden wäre.

Die Sonne malte beständig ihre Lichtflecken auf den Meeresboden. Die Bewegungen der Wellen ließen sie funkeln und glitzern. Ich verlor jegliches Zeitgefühl. Irgendwann wusste ich gar nicht mehr, wie lange wir überhaupt unterwegs gewesen waren. Verwirrt tauchte ich neben Eliza auf, als sie plötzlich nicht mehr abtauchte, sondern an der Oberfläche blieb. „So, da wären wir wieder", sagte sie, nachdem auch die beiden Männer wieder aufgetaucht waren.

Ich sah mich um. In einiger Entfernung war tatsächlich der Strand, an dem noch immer unsere Sachen lagen. Ich hatte gar nicht bemerkt, dass wir wieder am Ausgangspunkt angelangt waren. Wo waren wir überhaupt überall gewesen?

Ich wollte mich schon beschweren, als mein Magen sich auf einmal mit einem wütenden Grummeln meldete. Erst jetzt stellte ich fest, wie leer er eigentlich war. Auch mein trockener Rachen verlangte eindringlich nach Wasser. Trinkwasser.

Wir schwammen so weit zum Ufer, wie es unsere Flossen zuließen. Danach nahmen Pete und Michael uns wieder auf die Arme. Es war immer noch sehr seltsam, so getragen zu werden, aber immerhin nicht mehr ganz so unangenehm wie zuvor.

Nachdem wir getrunken und gegessen hatten, wäre ich gerne noch einmal schwimmen gegangen, aber ich spürte, wie tief die Müdigkeit in Kopf und Gliedern saß. Wir ruhten uns noch etwas im Schatten einiger Bäume aus, bevor wir uns wieder auf den Marsch zurück zum Hotel machten.

Kapitel 29

Die nächsten Tage verliefen ruhig. Eliza und Michael widmeten sich wieder dem Bau des Pavillons, ich war in der Bibliothek. In der Mensa liefen wir uns ab und zu über den Weg, hatten aber sonst nichts weiter miteinander zu tun. Ich hatte immer noch ein flaues Gefühl im Magen, auch wenn es mittlerweile etwas abgeklungen war.

Nach unserer Rückkehr war Pete am Sonntag fast direkt wieder abgefahren. Es hatte sich herausgestellt, dass er nur über das Wochenende zu Besuch gewesen war. Er und Eliza schienen sich sehr nahe zu sein. Lange Gedanken machte ich mir darüber jedoch nicht. Meinte ich jedenfalls.

Am Donnerstagabend sollte ich die Gelegenheit bekommen, mehr darüber zu erfahren. Ich war gerade beim Abendessen, als ich stutzen musste. Eliza betrat in diesem Moment die Mensa. Allein. Ich hatte sie dort bisher nur im Doppelpack mit Michael zusammen gesehen. Sie entdeckte mich und setzte sich zu mir. Ich setzte mich auf meinem Stuhl gerader hin.

„Guten Abend", sagte ich. Eliza grüßte mit einem Nicken. „Bist du alleine da?", fragte ich, um ein Gespräch in Gang zu bringen. „Ja", antwortete Eliza. „Michael ist bereits zurück gefahren. Wegen einem neuen Projekt." Das versetzte mir mal wieder einen Stich in die Brust. Er war abgereist. Ohne sich wenigstens zu verabschieden.

„Wie lange bleibst du noch?", fragte ich weiter- und bereute es gleich wieder. Hoffentlich würde sie das jetzt nicht in den falschen Hals bekommen.

„Ich bleibe noch diese Woche. Am Wochenende fahre ich auch wieder nach Hause. Ich weiß noch nicht genau, ob Samstag oder Sonntag. Vielleicht auch schon morgen, nach Feierabend. Mal sehen."

„Der Pavillon sieht aber aus, als würde er noch eine Weile brauchen, bis er fertig ist?"

„Ja. Aber der Rest ist allein Sache der Handwerker. Solange es keine größeren Probleme gibt, werden wir hier nicht mehr gebraucht."

Ich schwieg. Dann würde Michael also auch nicht mehr kommen. In diesem Moment entschloss ich mich, einen Versuch zu wagen. „Schaust du Pete auch beim Training zu?"

Das brachte Eliza zum Strahlen. „Ja. Er lässt mich sogar auf seinem Pferd reiten. Letztes Mal haben wir zusammen einen Ausritt gemacht.

Ich habe gar nicht gewusst, dass die Gegend um Exmouth so schön ist. Das solltest du auch einmal ausprobieren."

Ich schluckte. „Ihr scheint euch ja gut zu kennen", versuchte ich weiter, mich vorsichtig heran zu tasten. Eliza schien noch mehr aufzublühen. „Wir sind jetzt seit fast vier Monaten ein Paar."

Das erstaunte mich jetzt doch. Ich hatte mir so etwas gedacht, aber.... Dass sie das so direkt sagen würde. Nach dem ganzen Theater mit Matthew. Ich spürte heißes Blut langsam in meinen Kopf steigen.

„Und trotzdem lässt du ihn hierher kommen? Obwohl du wusstest, dass ich hier bin?"

Eliza nickte.

„Obwohl ich angeblich Schuld daran bin, dass deine ganzen Kerle dich verlassen haben?", fragte ich weiter. Es fiel mir immer schwerer, mich zu beherrschen.

Eliza nickte wieder. Sie hatte leicht gerötete Wangen, schien aber nicht verärgert zu sein. „Ja. Mit Pete ist es…. anders…."

Ich sah sie an. Meine aufkeimende Wut verebbte langsam wieder. Meine Schwester hatte sich verändert. Einfach so. Ohne dass ich etwas mitbekommen hatte.

Ich wollte nicht weiter nachbohren, und ließ das Thema fallen. Ich lenkte das Gespräch auf andere Dinge. Den Pavillon etwa, was genau sie an Exmouths neu entdeckter Umgebung faszinierte, was sie vom Riff um Coral Bay hielt,…

Am späten Abend stieg ich die Treppen hinauf zu meinem Zimmer. Angenehm erleichtert, aber auch irgendwie verstört – und enttäuscht. Das mit Michael ging mir doch mehr zu Herzen als ich mir selbst eingestehen wollte.

An meiner Tür erwartete mich dann eine Überraschung. Dort steckte ein Brief. In der Ritze zwischen der Tür selber und dem Rahmen, direkt über dem Griff. Ich griff danach und zog den Brief heraus. Er war schlicht und sauber. Vermutlich von dem Rahmen hatte er einen kleinen Knick in einer Ecke bekommen. Außer meinem Namen stand nichts darauf.

Ich öffnete ihn noch vor der Tür, überflog ihn kurz und las ihn danach nochmals genauer. Mein Herz fing diesmal an, angenehm in meiner Brust zu klopfen. Michael hatte geschrieben. Um mitzuteilen, warum er so schnell abgereist war. Er wolle wieder kommen. Am Wochenende schon. Und dort standen noch ein paar andere, kleine Dinge, die mein Herz dafür umso höher schlagen ließen.

Eliza war dann schon am Freitagabend abgefahren. Offensichtlich konnte sie es nicht erwarten, wieder bei ihrem Pete zu sein. Ich wachte dafür am Samstag zu früh auf, duschte mich und konnte mich nicht entscheiden, was ich anziehen sollte. Ich versuchte, zu lesen, konnte mich aber kein bisschen darauf konzentrieren. Dann sah ich auf die Uhr. Immer noch so früh?!

Ständig schaute ich in den Hof hinunter, in der Hoffnung, Michaels Geländewagen zu entdecken, aber es half alles nichts. Er würde erst zum Mittag da sein. Also versuchte ich, meinen Schlaf nachzuholen. Aber auch das ohne Erfolg. Ich war einfach zu aufgewühlt.

Schließlich wurde es dann doch noch elf Uhr. Ich ging möglichst entspannt zur Mensa hinunter. Viel zu früh, vor allem für meine Verhältnisse. Beim Mittagessen hatte ich wenigstens eine Ablenkung, ein Ziel vor Augen: Den Teller leer zu bekommen.

Ich verließ die Mensa wieder, trat in die großzügige Eingangshalle und entdeckte ihn an der Rezeption. Er hatte nur einen kleinen Koffer dabei. Schließlich würde er ja morgen schon wieder abreisen.

Ich atmete einmal tief durch, sammelte mich, kontrollierte noch einmal mein Erscheinungsbild, dann ging ich – hoffentlich gelassen – auf ihn zu.

Ich wartete, bis er eingecheckt hatte, bevor ich ihn ansprach. „Hi", sagte ich. Er drehte sich zu mir um und lächelte. „Hi. Hast du schon auf mich gewartet?" „Ich wollte nur mal nachschauen, ob du schon da bist", flunkerte ich.

„Ich bringe noch schnell meine Sachen ins Zimmer. In zwanzig Minuten am Eingang?"

Ich nickte.

Michael wollte sich die Gegend noch etwas anschauen, also begaben wir uns auf einen gemütlichen Spaziergang – meine übliche Runde. Ich konnte mir ein Lächeln nicht verkneifen, als Michael beim Heulen der Kookaburras zusammenzuckte und sich unsicher umsah. Ich gab mir alle Mühe, mein Grinsen hinter meiner Hand zu verbergen. Schließlich war es mir bei den Vögeln auch immer noch nicht geheuer.

Es war ihm offensichtlich auch recht, dass wir einen großen Bogen um die Bude mit den vielen, lärmenden Touristen machten. Gemeinsam genossen wir die Ruhe abseits der Menge, nur begleitet vom sanften Rauschen des Meeres und gelegentlichen Schätzesuchern.

Bis Michael plötzlich auf etwas deutete.

„Was machen denn die da?", fragte er. Ich folgte seinem Finger in die Richtung, in die er zeigte. Zwei Halbwüchsige stierten und stocherten auf etwas ein, das am Boden lag.

„Keine Ahnung", antwortete ich, und wollte weiter gehen. Das roch schon nach Ärger. Aber Michael lief bereits auf die beiden zu. Ein kurzer Wortwechsel, dann beugte sich Michael hinunter zu dem Ding, die zwei jüngeren standen unschlüssig herum. Ich lief hinüber.

Als Michael mich sah, winkte er mich eifrig zu sich. „Komm, Sarah, hilf mir!", forderte er mich auf. Ich trat zu ihm, und sah endlich, was das Ding am Boden war: eine Schildkröte!

Irgendein blaues Kunststoffteil hatte sich um ihren Hals gewickelt und drohte, sie zu strangulieren und zu ersticken. In dem Teil hatten sich auch einige Algen verheddert, weswegen das ganze von weitem auch so kryptisch ausgesehen hatte.

„Nimm du sie hinten, ich halte vorne", wies Michael mich an. „Und dann?", fragte ich. „Wir tragen sie zur Marinestation Dort muss es jemanden geben, der ihr helfen kann." Sicher war ich mir zwar nicht, ob das wirklich richtig war, aber ich fackelte nicht mehr lange und packte mit an. Ich nahm die Schildkröte kurz vor den Hinterbeinen, Michael hinter den vorderen. Gemeinsam hoben wir sie nach oben. Sie war so schwer, wie sie aussah. Wenigstens wehrte sie sich nicht. Wobei das wohl eher ein schlechtes Zeichen war. Ihr Kopf hing schlaff nach unten, während wir sie so schnell wie möglich davontrugen.

Zur Station war es zum Glück nicht weit, dennoch kam es mir wie eine Ewigkeit vor. Unterwegs wurden wir angeschaut wie Aliens. Wir kümmerten uns nicht weiter darum und hasteten weiter. Die Schildkröte wurde immer schwerer. Schon bald fühlten sich meine Arme an wie Blei. Ich biss die Zähne zusammen und zwang mich, durchzuhalten.

Auf der Brücke zur Station zwängten wir uns zwischen Touristen hindurch, die gerade auf ihre Bootsfahrt warteten. Manche wurden auch von Michael rigoros auf die Seite geschoben. Diese schienen besonders schwer von Begriff zu sein. Ich dackelte ihm einfach mit meiner Last in den Händen hinterher.

In der Station selbst verursachten wir dann auch noch großes Chaos. Die Mitarbeiter dort waren erst einmal wie vor den Kopfgestoßen. Sie nahmen uns das Tier aber doch ab, um dann eine nahegelegene Rettungsstation zu alarmieren. Während sie Erste Hilfe leisteten, wurden wir wieder weggeschickt.

Kapitel 30

Ein paar Wochen später saß ich wieder mit Michael am Strand. An unserem alten Platz bei Exmouth. Eliza und Pete waren noch im Wasser, während wir gerade eine Pause machten. Ich lebte immer noch in Coral Bay. Irgendwie hatte sich jedoch eine Routine eingespielt, bei der wir uns gegenseitig immer wieder besuchten.

Das Thema ‚Matthew‘ war für mich tabu. Ich hatte ihn seither auch nicht mehr gesehen. Dafür kam mir ein anderer Gedanke in den Sinn.

„Hast du eigentlich mitbekommen, was mit der Schildkröte passiert ist?", fragte ich. Michael lachte.

„Wieso lachst du?"

„Weil ich auch gerade daran gedacht habe."

„Und?"

„Ich habe erst gestern dort angerufen. Der Schildkröte geht es soweit gut. Sie erholt sich prächtig und kann wahrscheinlich bald wieder ausgewildert werden. Im Gegensatz zu vielen anderen." Er brach ab.

„Wie meinst du das?", fragte ich in die Stille hinein.

Michael seufzte schwer. „Leider geht es wohl nicht bei allen so glimpflich aus. Viele haben Verletzungen, die zu stark sind oder zu spät behandelt werden, andere haben Teile gefressen, die für sie den Tod bedeuten. Das passiert, wenn die Menschen ihren Müll einfach im Meer entsorgen."

Ich schwieg.

Wir lauschten dem Rauschen des Meeres und dem fernen Lachen und Planschen von Eliza und Pete.

Dann lächelte Michael mich an.

„Aber die nächsten Schildkröten schlüpfen bald wieder."

ENDE

Danksagung

An dieser Stelle sage ich Danke an alle, die mir dabei geholfen haben, dass Du dieses Buch jetzt in Händen halten kannst.
Meine Probeleser Gabi, Michaela und Sarah. Sie haben nicht nur übriggebliebene Tippfehler korrigiert, sondern auch zur Verbesserung von so mancher Passage beigetragen.

Dankeschön auch an Markus, ohne den ihr dieses Buch nicht in den Händen halten könntet.